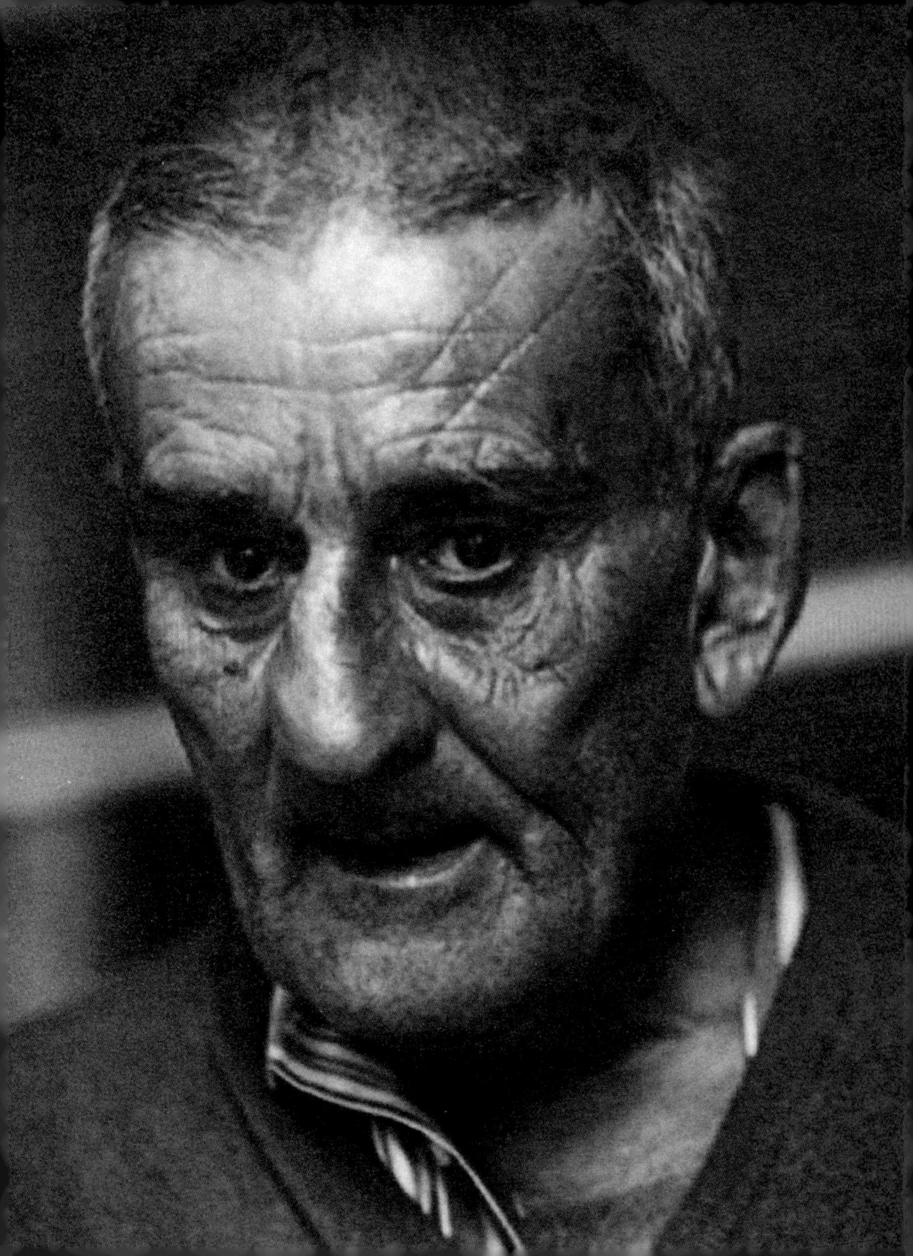

# LEOPOLDO MARÍA PANERO

## POEMAS DO MANICÔMIO DE MONDRAGÓN

TRADUÇÃO
ayrton a. badriah
pedro spigolon
tiago rendelli

ORGANIZAÇÃO E APRESENTAÇÃO
pedro spigolon

**EDIÇÃO BILÍNGUE**

URUTAU
2024

O —

**editora Urutau**
rua do cajú, 478
jardim das cerejeiras, 06724-015
cotia-sp
brasil

rua manuel pacheco nobre, 128, 5 esq.
2830-080
barreiro (setúbal)
portugal

[+351] 928053619 [portugal]
[+55] 11 9 4859 2 426 [brasil]

www.editoraurutau.com

[EDIÇÃO]
debora ribeiro rendelli
tiago fabris rendelli
wladimir vaz
[REVISÃO]
marcella sarubi



**dados internacionais de catalogação na publicação (cip) de acordo com isbd**

P191p panero, leopoldo maría

poemas do manicômio de mondragón / leopoldo maría panero;
traduzido por tiago rendelli, pedro spigolon, ayrton a. badriah.
cotia : urutau, 2024. bilíngue: língua espanhola e língua portuguesa

isbn: 978-65-5900-656-4

1. literatura espanhola. 2. poemas. i. rendelli, tiago.
ii. spigolon, pedro. iii. badriah, ayrton a. iv. título.

2024-343

CDD 860
CDU 821.134.2

**elaborado por vagner rodolfo da silva - crb-8/9410**

índice para catálogo sistemático:
literatura espanhola 860
literatura espanhola 821.134.2

**sumário**

## II

## ESPARSOS

### inéditos de poemas del manicomio de mondragón

(publicados no livro *contra españa y otros poemas no de amor* [1990])



### inéditos de poemas del manicomio de mondragón

(publicados no livro *teoría del miedo* [2001])

**GLOBO ROJO** (1989)



**ANEXOS**

[apresentação]

## Delírios no umbral da razão: vida e obra de Leopoldo María Panero

*O caminho dos excessos conduz ao palácio da sabedoria.*
**William Blake**

Dentro do campo da criação poética moderna há uma extensa tradição de poetas e artistas que podem ser reunidos a partir da denominação de "malditos". Embora não formem uma escola ou movimento delimitado no tempo ou no espaço, podemos encontrar entre eles a recorrência de um ou mais aspectos em comum, como: a exploração do erotismo — inclusive em suas formas mais obscenas; o uso de substâncias para alteração da percepção e da consciência; o emprego sistemático de palavras e imagens consideradas apoéticas, desde o escatológico até o grotesco; o jogo ambíguo entre o sagrado e o profano; o estreito limiar entre a loucura e a lucidez; a crítica ao horror a partir da representação imagética da condição humana e suas contradições; a violenta penúria e marginalização social, seja por meio dos aparelhos de controle do Estado, seja por meio de repressões e exclusões morais e coletivas. Embora os fatos biográficos não sejam elementos necessários e nem se espelhem de forma direta na criação de uma obra, um traço constante dessa tradição é a aproximação entre vida e obra. Marquês de Sade, Lautréamont, Baudelaire, Artaud, Van Gogh, Poe, Roberto Piva, todos parecem trazer para suas obras os infortúnios das próprias vidas ou levar para suas vidas as perturbações de suas obras, numa via de mão dupla. Como diria Piva: "Só acredito em poeta experimental que tenha vida experimental". É dessa tradição que Leopoldo María Panero parece se aproximar, tanto por sua história de vida, repleta de encarceramentos, tentativas de suicídios e internações em manicômios, quanto pela exploração de temas considerados subversivos ou imorais por meio de formas poéticas delirantes, ininteligíveis e por vezes assintáticas. Vejamos, então, alguns traços da vida e da obra do poeta do manicômio de Mondragón.

Leopoldo María Panero nasceu em Madrid em 16 de junho de 1948 no interior de uma ilustre e rica família ligada à literatura e à política espanhola. Seu pai, Leopoldo Panero (1909-1962), era o poeta oficial e funcionário público do regime fascista de Francisco Franco e, como membro da Geração de 36, esteve ligado ao movimento literário *Poesía Arraigada*, que buscava formas equilibradas e o retorno ao clássico. Sua mãe, Felicidad Blanc (1913-1990), também era escritora, mas publicou seus livros tardiamente, apenas no final década de 1970. Seus irmãos, Juan Luis (1942-2013) e José Moisés (1951-2004), conhecido como "Michi", também se dedicaram à escrita. Em sua casa, circulavam importantes escritores espanhóis da época, como Luis Rosales e Dámaso Alonso. Assim, Leopoldo María Panero esteve imerso, desde cedo, em uma atmosfera de debate literário, tendo declamado seus primeiros versos por volta dos três anos de idade.

Quatro anos após a morte de seu pai, em 1966, Leopoldo María Panero começa os estudos em Filosofia e Letras na Universidad Complutense de Madrid, curso que jamais iria terminar. Nessa época, adere à militância comunista, desenvolvendo uma intensa atividade política contra o regime fascista, o que lhe rende as primeiras prisões. Em 1968, publica sua primeira obra, a plaquete *Por el camino de Swann*. Profundamente abatido pelo amor não correspondido de Ana María Moix (1947-2014), poeta e escritora catalã, comete a primeira tentativa de suicídio, o que desencadeia uma série de internações.

Pouco tempo depois de se mudar para uma pensão em Barcelona, tenta o suicídio pela segunda vez e é novamente internado em diversos hospitais psiquiátricos, nos quais fica retido devido ao uso excessivo de drogas e pelo diagnóstico de "psicótico". Recebe tratamentos muito violentos, como eletrochoques e isolamento social. Mesmo nessas condições, inicia a escrita de *Así se fundó Carnaby Street*, obra que foi muito bem recebida pela crítica e tida como vanguardista, publicada apenas em 1970. Em 8 de dezembro de 1968, é preso em uma festa por portar maconha, sendo aplicada a Lei de Vagos y Maleantes[1], resultando numa condenação de quatro meses de cárcere. É escolhido por José María Castellet para ser o mais jovem poeta a compor a icônica antologia *Nueve novísimos poetas españoles* (1970). Novamente em Barcelona, inicia em 1969 os estudos em Filologia Francesa na Universidad Central e abandona a militância política no Partido Comunista. Deixa o curso poucos meses após começa-lo e retorna para Madrid. No

[1] Lei aprovada em 4 de agosto de 1933, durante a Segunda República Espanhola (1933-1939), destinada à perseguição e encarceramento de ciganos, prostitutas e mendigos. Foi modificada em 15 de julho de 1954, durante a ditadura franquista, de modo a incluir a repressão à homossexualidade.

ano seguinte, passa por novas prisões devido ao porte de droga e consequentemente por diversas internações em hospitais psiquiátricos.

Em 1973 publica *Teoría*, livro carregado de referências literárias que expressa uma experiência esquizofrênica com constantes referências autobiográficas. A violenta experiência no cárcere, as tentativas de suicídio, o alcoolismo e o uso constante de drogas marcam a criação de uma poesia que alterna entre a lucidez e a loucura, com um jogo ambíguo e contraditório entre a perda da infância e seu constante resgate, entre a destruição da adolescência e seu triunfo, contrapondo-se à consciência cerceadora e cartesiana do mundo adulto. Assim, em sua obra é frequente a construção de imagens a partir de clássicos infantis, como *Peter Pan*, *Tarzan* e referências ao mundo dos quadrinhos, ao mesmo tempo em que apresenta a ruína da consciência, com um léxico escatológico e imoral.

Panero e sua família participam, em 1976, do documentário *El desencanto*, de Jaime Chavárri. O filme começa com o registro da homenagem pública realizada a Leopoldo pai, com a inauguração, doze anos após sua morte, de uma estátua sua em Astorga, cidade natal do poeta. Inversamente a essa cena, segue-se com uma série de diálogos entre Panero, seus irmãos e sua mãe sobre conflitos íntimos, lembranças, mágoas, relatos pessoais, debates sobre literatura e filosofia, estilhaçando a instituição familiar e a figura do pai, tão hipocritamente sacralizadas pelo franquismo.

No ano seguinte, Panero vive um episódio que o marca profundamente. Após uma discussão, em Palma de Malorca, um homem se atira sobre ele com uma navalha nas mãos e o espanca. Panero fabula que a ação se trata de um complô contra sua pessoa e julga ser perseguido pela CIA, decidindo fugir para Paris. É possível ver repercussões dessa paranoia de perseguição em diversos de seus poemas, em que as imagens de perseguição e de fuga são constantemente evocadas. Além disso, no livro *Poemas do manicômio de Mondragón*, especificamente no texto "Sobre o caso Dreyfus sem Zola ou a causalidade diabólica", o poeta apresenta uma espécie de identificação com o caso do soldado Alfred Dreyfus, vítima de uma armação e de uma farsa jurídica organizada pelo próprio Estado francês, como está explicado na nota de rodapé deste livro.

Entre a segunda metade dos anos 1970 e o começo de 1980, Panero faz diversas viagens entre Paris, Madrid e Barcelona, onde participa de jornadas literárias e realiza conferências. *Narciso en el acorde último de las flautas* é publicado em 1979, e, na década de 1980, o poeta dedica-se intensamente à escrita, com o lançamento de *Last river together* (1980)[2], *El que no ve* (1980), *Tres historias de la vida real* (1981), *Dioscuros* (1982), *El último hombre* (1983), *Dos relatos y una perversión* (1984), *7 poemas* (1985), *Últimos poemas* (1986). No ano de 1986, Panero ingressa no Hospital Psiquiátrico Hermanos San Juan de Dios de Mondragón, conhecido como manicômio de Mondragón. Durante o período de reclusão, começa a colaborar para o diário ABC e escreve uma série de poemas que darão lugar ao livro que você, leitor, tem agora em mãos, publicado originalmente em 1987.

Em *Poemas do manicômio de Mondragón*, assim como em toda a obra de Panero, é possível notar uma grande influência do poeta Stéphane Mallarmé (1842-1898), evidenciada não apenas pelas epígrafes que abrem cada uma das partes deste livro, mas pelo caráter simbólico conferido às palavras, empregando um tom universalizante como, por exemplo, em "rosa", "nada" ou "mãe", mas também pela construção de imagens por vezes herméticas e obscuras. Em outro sentido, é possível notar a criação poética de ce-

[2] Cf. Panero, Leopoldo María. *Last river together*. Tradução de Pedro Spigolon. São Paulo: Urutau, 2018.

nas breves que se passam no hospital psiquiátrico, seja no interior do edifício ou em seu jardim, em que a figura do louco — ou a loucura ela mesma — é frequentemente evocada, criando uma atmosfera estranha e familiar ao mesmo tempo, num jogo de desterritorialização e aproximação delicada e perversa. Na presente edição também estão reunidas as poesias intituladas "Poemas del manicomio de Mondragón", publicadas esparsamente em outras duas obras, a saber: *Contra España y otros poemas no de amor* (1990) e *Teoría del miedo* (2001).

Foram igualmente incluídos os poemas e um breve diário do manicômio Mondragón, publicados em *Globo Rojo* (1989), uma antologia organizada e editada pelo próprio Leopoldo, na qual foram reunidas as obras de internos do hospital e publicadas em formato livro. Nessa obra, no texto de apresentação, Panero afirma que: "[...] Com a loucura, como com a verdade, não se pode argumentar. A verdade asséptica do psiquiatra que quer preencher o que nos falta encontra seu reverso grotesco nesse significante puro e vazio que 'constrói suas próprias leis/como um castelo no vazio', como disse em um de meus poemas de *Teoria*. Poesia da loucura significa poesia opaca, dura, impenetrável ao signo, à razão. [...] Há tudo isso nesses textos, nem escritos nem aptos para serem publicados, nem mesmo para serem lidos frequentemente...".

De título homônimo, *Globo Rojo* foi também a revista literária que reunia os escritos e as obras pictóricas (sobretudo desenhos e colagens) dos internos do hospital psiquiátrico de Mondragón. A atividade do periódico se deu entre 1982 e 1999, contando ao todo com 24 números. Panero participou a partir da décima edição, tendo publicado diversos textos e poemas. De caráter anticonvencional, a revista não possuía nenhuma intenção estritamente terapêutica, reabilitadora ou pedagógica. Não foi financiada pela instituição em grande parte de sua existência, sendo uma autopublicação independente dos próprios internos. Não possuía seções fixas, periodicidade, nem correções ou qualquer tipo de seleção, sendo publicadas quaisquer produções enviadas pelos pacientes. Os exemplares eram vendidos por eles mesmos nos bares das cidades vizinhas, de modo que o periódico não tardou em chamar a atenção da mídia, que o fez ganhar certa projeção na época. Na seção Anexos, o leitor poderá encontrar uma reunião de fac-símiles das edições da revista, com a totalidade da obra poética de Leopoldo María Panero, além de editoriais, ilustrações e outros textos.

A internação psiquiátrica de Leopoldo em Mondragón, de 1986 a 1997, começa de forma compulsória e torna-se, após alguns anos, uma escolha do poeta, tendo livre acesso para entrar e sair. Em Mondragón, Panero escreve copiosamente e publica onze livros. Dentre eles, podemos destacar *Contra España y otros poemas no de amor* (1990), *Heroína y otros poemas* (1992) e *Orfebre* (1994). Livros em que Panero aprofunda temas como o uso do álcool e da heroína, críticas à Espanha, bem como à monarquia e ao totalitarismo do Estado, e nos quais também é possível observar uma constante postura sacrílega e anticlerical, sobretudo por meio de inversões e do humor. Assim, num jogo de ambiguidades entre vida e morte, em que os sentidos são constantemente invertidos, vemos uma apropriação e investida contra o horror, seja pela evocação do mal e do amor, da violência e do medo, do vazio e do excesso, do absurdo e do símbolo, numa ambivalência entre ruína e ascensão, própria da condição humana.

Em 1990, morre sua mãe, Felicidad Blanc, e Panero, desesperado, tenta ressuscitá-la beijando-lhe a boca no necrotério. Em 1993, Ricardo Franco, cineasta, começa as filmagens de *Después de tantos años,* documentário que retrata Panero e seus irmãos quase duas décadas após *El desencan-*

*to*, com muitas das cenas rodadas dentro e aos arredores do próprio hospital de Mondragón. Já completamente órfãos, os Paneros fazem duros relatos sobre suas histórias de vida e refletem sobre a intimidade e o (estranho) convívio familiar, retratando, mais uma vez, a ruína e a tristeza da família tradicional espanhola.

Em 1997, Panero decide voluntariamente se mudar de Mondragón e se internar no hospital psiquiátrico Las Palmas de Gran Canaria, uma ilha espanhola situada próximo da costa do Marrocos. O poeta, no entanto, não se encontrava ilhado, ali vivia em liberdade, podendo sair pela manhã e regressar à tarde para dormir, tendo constante contato com diversos interlocutores interessados em sua obra e vida. Permaneceu nesse hospital até sua morte, em 5 de março de 2014. Durante esse período, escreveu e publicou mais de 26 livros, como *Teoría lautreamontiana del plagio* (1999), *Teoría del miedo* (2001), *Poemas de la locura* (2005) e *Versos esquizofrénicos* (2007). Panero se dedicou também, durante toda a vida, a fazer inúmeras traduções, tendo vertido para o espanhol textos de diversas épocas, como os de Catulo, Guilhem de Peitieu, John Clare, Robert Browning, Edward Lear, Lewis Carroll, Tristan Corbière e Bataille, além de Mick Jagger e Keith Richards, músicos da banda Rolling Stones. Adotava a perspectiva da tradução como uma forma de *perversão* do texto, compreendendo a posição do tradutor a partir do ponto de vista da autoria.

Leopoldo também possui uma vasta obra em prosa que contempla livros como *En lugar del hijo* (1976) e *Dos relatos y una perversión* (1984), intitulado em sua segunda edição como *Palabras de un asesino* (1992), além de uma série de artigos de jornal para o *ABC* e *EGIN*, conferências, resenhas de livros, manifestos, críticas de exposições de pintura e, inclusive, um epitáfio. Em seus textos, persegue constantemente temas relacionados à filosofia, com críticas severas à psiquiatria e à psicanálise, dialogando com Freud, Lacan e Jung. Ainda, dedica-se a escrever sobre a "grande política", ou seja, a transformação ontológica do ser humano, numa espécie de revolução total, com influências de Guy Debord e da Internacional Situacionista. Outra preocupação sua, e não menos importante, é a reflexão sobre a própria literatura, seu processo de composição poética e a relação com a loucura, o delírio e a realidade, como em sua "Poética", publicada na antologia dos novíssimos: "Vivo dentro da fantasia paranoica do fim do mundo e não só não quero sair dela como quero que todos a adentrem. Todas as minhas palavras é a mesma que pende para vários lados, a palavra FIM, a palavra que é silêncio, dita de várias formas. Porque é um FIM que inclui a todos na única tragédia que só pode ser contemplada participando dela. É a tragédia transformada em absoluta e por isso desaparecida".

Leopoldo María Panero é considerado, atualmente, como um dos autores mais importantes, autênticos e controversos da moderna literatura espanhola. Sua poética mistura um intenso diálogo com a tradição literária mundial, aspectos biográficos — sem ser capturado pelo egocentrismo — com a criação de uma voz única e perturbadora, em que as palavras são tomadas como símbolos, elaborando imagens sombrias, críticas, cômicas e delirantes. Por fim, se tivesse que acrescentar algo a mais, diria que sua obra tenciona precisamente os limites da palavra e do silêncio. Talvez advenha daí as possíveis dificuldades de lê-la, mas também a origem do grande fascínio sobre seu nome, uma vez que a poética paneriana, num jogo de ambiguidades em que os sinais se invertem, lança luz sobre os aspectos sombrios da alma e da sociedade humana, nos mostrando aquilo que queremos constantemente esquecer ou ignorar. Ou, dito de outro modo, de seus poemas ecoa o silêncio de tudo que não queremos ouvir, flagrando a ruína do sujeito e o fracasso da civilização. Dispor-se a viver e escrever de tal forma não se dá, evidentemente, de maneira impune, tanto para o poeta quanto para sua obra, mas, como afirmou Derrida, numa frase que Panero repetia frequentemente em seus textos: "Um poema corre o risco de não ter nenhum sentido, e não seria nada sem esse risco".

**Pedro Spigolon**
Maio de 2023

# poemas do manicômio de mondragón

(1987)

## a quien me leyere

Los libros caían sobre mi máscara (y donde había un rictus de viejo moribundo), y las palabras me azotaban y un remolino de gente gritaba contra los libros, así que los eché todos a la hoguera para que el fuego deshiciera las palabras...

Y salió un humo azul diciendo adiós a los libros y a mi mano que escribe: «Rumpete libros, ne rumpant anima vestra»: que ardan, pues, los libros en los jardines y en los albañales y que se quemen mis versos sin salir de mis labios:

el único emperador es el emperador del helado, con su sonrisa tosca, que imita a la naturaleza y su olor a queso podrido y vinagre. Sus labios no hablan y ante esa mudez de asombro, caigo estático de rodillas, ante el cadáver de la poesía.

**Leopoldo María Panero**
1/3/1987

## a quem me ler

Os livros caíam sobre minha máscara (onde havia uma expressão de velho moribundo) e as palavras me açoitavam e uma turba gritava contra os livros, e então os atirei todos na fogueira para que o fogo desdissesse as palavras...

E subiu uma fumaça azul dizendo adeus aos livros e à minha mão que escreve: "Rumpete libros, ne rumpant anima vestra"*: que ardam, pois, os livros nos jardins e nos esgotos e que meus versos queimem sem sair de meus lábios:

o único imperador é o imperador dos sorvetes, com seu sorriso tosco, que imita a natureza e seu fedor de queijo podre e vinagre. Seus lábios não falam e diante desse silêncio assombroso, caio paralisado, de joelhos, em frente ao cadáver da poesia.

**Leopoldo María Panero**
1/3/1987

* Do latim: "Destrua os livros para que eles não destruam sua alma". (N.T.)

# I

*dérisoires martyrs…**

**Stéphane Mallarmé**

*Trecho do verso 21 do poema "Le guignon" ["O azar"]. Em português: "ridículos mártires". (N.T.)

*

En el obscuro jardín del manicomio
los locos maldicen a los hombres
las ratas afloran a la Cloaca Superior
buscando el beso de los Dementes.

Un loco tocado de la maldición del cielo
canta humillado en una esquina
sus canciones hablan de ángeles y cosas
que cuestan la vida al ojo humano
la vida se pudre a sus pies como una rosa
y ya cerca de la tumba, pasa junto a él
una Princesa.

Los ángeles cabalgan a lomos de una tortuga
y el destino de los hombres es arrojar piedras a la rosa.
Mañana morirá otro loco:
de la sangre de sus ojos nadie sino la tumba
sabrá mañana nada.

*

No obscuro jardim do manicômio
os loucos maldizem os homens
os ratos afloram da Cloaca Superior
buscando o beijo dos Dementes.

Um louco atingido pela maldição do céu
canta humilhado em uma esquina
suas canções falam de anjos e coisas
que custam os olhos da cara da vida
a vida apodrece diante de seus pés como uma rosa
e já ao lado da cova, passa por ele
uma Princesa.

Os anjos cavalgam no lombo de uma tartaruga
e o destino dos homens é atirar pedras na rosa.
Amanhã morrerá outro louco:
do sangue dos seus olhos ninguém senão a cova
nada saberá amanhã.

El loquero sabe el sabor de mi orina
y yo el gusto de sus manos surcando mis mejillas
ello prueba que el destino de las ratas
es semejante al destino de los hombres.

O enfermeiro conhece o sabor da minha urina
e eu, o gosto de suas mãos apertando minhas bochechas
isso prova que o destino dos ratos
é semelhante ao destino dos homens.

## el loco mirando desde la puerta del jardín

Hombre normal que por un momento
cruzas tu vida con la del esperpento
has de saber que no fue por matar al pelícano
sino por nada por lo que yazgo aquí entre otros sepulcros
y que a nada sino al azar y a ninguna voluntad sagrada
de demonio o de dios debo mi ruina.

## o louco olhando do portão do jardim

Homem normal que por um momento
cruza sua vida com o grotesco
saberá que não foi por matar o pelicano
que não há razão para eu jazer aqui entre outros sepulcros
e que a nada senão ao azar e a nenhuma vontade sagrada
do demônio ou de deus devo minha ruína.

## lamed wufnik

Yo soy un lamed wufnik
sin mí el universo es nada
las cabezas de los hombres
son como sucios pozos negros
yo soy un lamed wufnik
sin mí el universo es nada
dios llora en mis hombros
el dolor del universo, las flechas
que le clavan los hombres
yo soy un lamed wufnik
sin mí el universo es nada
le conté un día a un árabe
oscuro, mientras dormía
esta historia de mi vida

## lamed wufnik*

Eu sou um lamed wufnik
sem mim o universo não é nada
as cabeças dos homens
são como sujas fossas negras
eu sou um lamed wufnik
sem mim o universo não é nada
deus chora em meus ombros
a dor do universo, as flechas
que nele cravam os homens
eu sou um lamed wufnik
sem mim o universo não é nada
eu contei um dia a um árabe
negro, enquanto dormia,
esta história da minha vida

---

* Em *O livro dos seres imaginários*, Jorge Luis Borges dedica uma espécie de verbete aos lamed wufniks, um grupo de 36 homens muito pobres e íntegros que fazem o mundo ser poupado da ira de Deus. Segundo o escritor argentino, que se diz baseado em um mito da tradição judaica, os lamed wufniks são seres anônimos e desconhecem sua especial condição. A tradição árabe possui personagens semelhantes, os kutb. (N.T.)

y dijo “Tú eres un lamed wufnik”*
sin ti Dios es pura nada

* Y añadió: “y entre los árabes, un kutb”. V. Jorge Luis Borges, *El Libro de los seres imaginarios*. (N.A.)

e ele disse: “Tu és um lamed wufnik”**
sem ti Deus é puro nada

** E acrescentou: “e entre os árabes, um kutb”. Cf. Jorge Luis Borges, *O livro dos seres imaginários.* (N.A.)

## el loco al que llaman el rey

Bufón soy y mimo al hombre en esta escalera cerrada
con peces muertos en los peldaños
y una sirena ahogada en mi mano que enseño
mudo a los viandantes pidiendo
como el poeta limosna
mano de la asfixia que acaricia tu mano
en el umbral que me une al hombre
que pasa a la distancia de un corcel
y cándido sella el pacto
sin saber que naufraga en la página virgen
en el vértice de la línea, en la nada
cruel de la rosa demacrada
                                        donde
ni estoy yo ni está el hombre.

## o louco que chamam de o rei

Sou um bufão e acaricio um homem nesta escada fechada
com peixes mortos nos degraus
e uma sereia afogada em minha mão que estendo
mudo aos que passam, pedindo
como o poeta mendiga
mão de asfixia que acaricia sua mão
no umbral que me une ao homem
que passa a um corcel de distância
e inocente sela o pacto
sem saber que naufraga na virgindade da página
no ápice da linha, no nada
cruel da rosa já definhada
                                        onde
não estou eu nem está o homem.

*

*a José Saavedra*

Has dejado huella en mi carne
y memoria en la piel de las interminables bofetadas
que surcaran mi cuerpo en el claustro del sueño
quién sabe si mi destino se parecerá al de un hombre
y nacerá algún día un niño para imitarlo.

Ven hermano, estamos los dos en el suelo
hocico contra hocico, hurgando en la basura
cuyo calor alimenta el fin de nuestras vidas
que no saben cómo terminar, atadas
las dos a esa condena que al nacer se nos impuso
peor que el olvido y la muerte
y que rasga la puerta última cerrada
con un sonido que hace correr a los niños
y gritar en el límite a los sapos.

*

*a José Saavedra*

Você deixou uma marca na minha carne
e na pele a recordação das bofetadas intermináveis
que rasgaram meu corpo no claustro do sono
será que meu destino ainda se parecerá com o de um homem
e que algum dia nascerá um menino para imitá-lo?

Venha, irmão, nós dois estamos no chão
focinho com focinho, remexendo no lixo
cujo calor alimenta o fim de nossas vidas
que não sabem como acabar, unidas
pela pena que nos foi imposta ao nascermos
pior que o esquecimento e a morte
e que destrói a última porta fechada
com um som que faz as crianças correrem
e os sapos gritarem à exaustão.

# II

*ne sachant pas, ingrat! que c'était tout mon sacre.*
*ce fard noyé dans l'eau perfide des glaciers**
**Stéphane Mallarmé**

*Dois últimos versos do soneto "Le pitre châtié" ["O palhaço castigado"]. Em português: "Nada sabendo, ingrato! que tudo foi minha consagração./A maquiagem sumindo na água infiel das geleiras". (N.T.)

*

En mi alma podrida atufa el hedor a triunfo
la cabalgata de mi cuerpo en ruinas
adonde mis manos para mostrar la victoria
se agarran al poema y caen
y una vieja muestra su culo sonrosado
a la victoria
                    pálida del papel en llamas,
desnudo, de rodillas, aterido de frío
en actitud de triunfo.

*

Na minha alma podre, o fedor do triunfo sufoca
a cavalgada do meu corpo em ruínas
onde minhas mãos para mostrar que venceram
se agarram ao poema e caem
e uma velha mostra sua bunda rosada
para a vitória
                    pálida do papel nu em chamas,
de joelhos, congelando de frio,
em um ato de triunfo.

*

*a Marava*

Brindemos con champagne sobre la nada
salto de un saltimbanqui en el acero escrito
donde la flor se desnuda y habita entre los hombres
que de ella se ríen y apartan la mirada
sin saber oh ilusión que es también a la nada
adonde ellos la vuelven y que a cada jugada
se tiende la Muerte ante el jugador desnuda
y enanos juegan con cabezas humanas.

*

*a Marava*

Vamos brindar com champanhe sobre o nada
salto de um saltimbanco escrito no aço
onde a flor se despe e habita entre os homens
que dela riem e dela afastam o olhar
sem saber, oh, ilusão, que também é para o nada
onde eles a devolvem e que a cada jogada
a morte se apresenta nua diante do jogador
e os anões jogam com cabeças humanas.

## el que acecha en el umbral

*a Inés Alcoba*
*si la beauté n'était la mort*

Toda belleza por el cadáver pasa
y se limpia en el río de la muerte, el Ganges
que a los inmortales conduce
toda mujer
se transfigura en la tumba y adorna
en el eterno peligro de la nada
así, querida
sabrás muriendo lo que es el Adorno
y te adorarán los pulgones y aplaudirán las ranas
de ellas compuesto el canto eterno de la nada
oh, tú, hermana
llena con tu cántico mi noche
de tu susurro delgada hermana
de tu sollozo
que la nada devora

## aquele que espreita no umbral

*a Inés Alcoba*
*si la beauté n'était la mort*

Toda beleza passa pelo cadáver
e se limpa no rio da morte, o Ganges
que aos imortais conduz
toda mulher
se transforma em um túmulo e adorna
no eterno perigo do nada
então, querida
você saberá morrendo o que é o Adorno
e lhe adorarão os pulgões e aplaudirão as rãs
delas será composto o canto eterno do nada
                    oh, você, irmã
encha com seu cântico minha noite
de seu sussurro, esbelta irmã
                    de seu soluço
                              que o nada devora

sabiendo así lo que es el Adorno
las chotacabras avisan Su Llegada.

sabendo assim o que é o Adorno
os bacuraus avisam Sua Chegada.

## a mi madre
(reivindicación de una hermosura)

Escucha en las noches cómo se rasga la seda
y cae sin ruido la taza de té al suelo
como una magia
tú que sólo palabras dulces tienes para los muertos
y un manojo de flores llevas en la mano
para esperar a la Muerte
que cae de su corcel, herida
por un caballero que la apresa con sus labios brillantes
y llora por las noches pensando que le amabas,
y dice sal al jardín y contempla cómo caen las estrellas
y hablemos quedamente para que nadie nos escuche
ven, escúchame hablemos de nuestros muebles
tengo una rosa tatuada en la mejilla y un bastón con
empuñadura en forma de pato
y dicen que llueve por nosotros y que la nieve es nuestra
y ahora que el poema expira
te digo como un niño, ven
he construido una diadema
(sal al jardín y verás cómo la noche nos envuelve).

## **à minha mãe**
(reivindicação de uma beleza)

Escuta nas noites como se rasga a seda
e cai sem ruído a xícara de chá no chão
como uma magia
você que só tem palavras doces para os mortos
e leva na mão um ramo de flores
para esperar a Morte
que cai de seu corcel, ferida
por um cavaleiro que a captura com seus lábios brilhantes
e chora pelas noites pensando que lhe amava,
e diz vá ao jardim e contemple como desabam as estrelas
e falemos calmamente para que ninguém nos escute
venha, escute-me, vamos falar sobre nossa mobília
tenho uma rosa tatuada na bochecha e uma bengala com
cabo em forma de pato
e dizem que chove pela gente e que a neve é nossa
e agora que o poema termina
lhe digo como uma criança, venha
eu construí uma tiara pra você
(vá ao jardim e veja como a noite nos envolve).

## los inmortales

*cada conciencia busca la muerte de la otra.*
Hegel

En la lucha entre conciencias algo cayó al suelo
y el fragor de cristales alegró la reunión.
Desde entonces habito entre los Inmortales
donde un rey come frente al Ángel caído
y a flores semejantes la muerte nos deshoja
y arroja en el jardín donde crecemos
temiendo que nos llegue el recuerdo de los hombres.

## os imortais

*cada consciência busca a morte da outra.*
Hegel

Na luta entre as consciências algo caiu no chão
e o fragor dos cristais alegrou o encontro.
Desde então eu habito entre os Imortais
onde um rei come na frente do Anjo caído
e flores semelhantes a morte nos despoja
e joga ao jardim onde crescemos
temendo que nos chegue a lembrança dos homens.

*

Llega del cielo a los locos sólo una luz que hace daño
y se alberga en sus cabezas formando un nido de serpientes
donde invocar el destino de los pájaros
cuya cabeza rigen leyes desconocidas para el hombre
y que gobiernan también este trágico lupanar
donde las almas se acarician con el beso de la puerca,
y la vida tiembla en los labios como una flor
que el viento más sediento empujara sin cesar por el suelo
donde se resume lo que es la vida del hombre.

*

Chega do céu para os loucos apenas uma luz que machuca
e se aloja em suas cabeças formando um ninho de cobras
onde invoca-se o destino dos pássaros
cuja cabeça rege leis desconhecidas para o homem
e que também governam este trágico bordel
onde as almas se acariciam com o beijo da porca,
e a vida treme nos lábios como uma flor
que o vento mais sedento empurrara sem cessar pelo solo
onde se resume o que é a vida do homem.

*

Del polvo nació una cosa.
Y esto, ceniza del sapo, bronce del cadáver
es el misterio de la rosa.

*

Do pó nasceu uma coisa.
E isto, cinza do sapo, bronze do cadáver
é o mistério da rosa.

*

Debajo de mí
yace un hombre
y el semen
sobre el cementerio
y un pelícano disecado
creado nunca ni antes.
Caído el rostro
otra cara en el espejo
un pez sin ojos.
Sangre candente en el espejo
sangre candente
en el espejo
un pez que come días pre-
sentes sin rostro.

*

Debaixo de mim
jaz um homem
e o sêmen
sobre o cemitério
e um pelicano dissecado
criado nunca nem antes.
Caído o rosto
outra cara no espelho
um peixe sem olhos.
Sangue fervendo no espelho
sangue fervendo
no espelho
um peixe que come os dias pre-
sentes sem rosto.

## himno a satán

Tú que eres tan sólo
una herida en la pared
y un rasguño en la frente
que induce suavemente
a la muerte.
Tú ayudas a los débiles
mejor que los cristianos
tú vienes de las estrellas
y odias esta tierra
donde moribundos descalzos
se dan la mano día tras día
buscando entre la mierda
la razón de su vida;
ya que nací del excremento
te amo
y amo posar sobre tus
manos delicadas mis heces.
Tu símbolo era el ciervo
y el mío la luna

## hino ao satã

Você que é apenas
uma ferida na parede
e um arranhão na testa
que induz suavemente
para a morte.
Você ajuda os fracos
melhor do que os cristãos
você vem das estrelas
e odeia esta terra
onde moribundos descalços
dão as mãos dia após dia
procurando em meio à merda
a razão de sua vida;
já que nasci dos excrementos
te amo
e amo pousar sobre suas
mãos delicadas minhas fezes.
Seu símbolo era o cervo
e o meu a lua

que la lluvia caiga sobre
nuestras faces
uniéndonos en un abrazo
silencioso y cruel en que
como el suicidio, sueño
sin ángeles ni mujeres
desnudo de todo
salvo de tu nombre
de tus besos en mi ano
y tus caricias en mi cabeza calva
rociaremos con vino, orina y
sangre las iglesias
regalo de los magos
y debajo del crucifijo
aullaremos.

que a chuva caia sobre
nossos rostos
nos unindo em um abraço
silencioso e cruel em que,
como o suicídio, sonho
sem anjos ou mulheres
nu de tudo
exceto de seu nome
de seus beijos no meu ânus
e de suas carícias na minha cabeça calva
pulverizaremos com vinho, urina e
sangue as igrejas
presente dos magos
e debaixo do crucifixo
uivaremos.

## el lamento de josé de arimatea

No soporto la voz humana,
mujer, tapa los gritos del
mercado y que no vuelva
a nosotros la memoria del
hijo que nació de tu vientre.
No hay más corona de
espinas que los recuerdos
que se clavan en la carne
y hacen aullar como
aullaban
en el Gólgota los dos ladrones.
Mujer,
no te arrodilles más ante
tu hijo muerto.
                    Bésame en los labios
como nunca hiciste
y olvida el nombre
maldito
de Jesucristo.

## o lamento de josé de arimateia

Não suporto a voz humana,
mulher, cubra os gritos do
mercado e que não volte
a nós a memória do
filho que nasceu de seu ventre.
Não há pior coroa de
espinhos do que as memórias
que se cravam na carne
e que fazem uivar como
uivavam
no Calvário os dois ladrões.
Mulher,
não se ajoelhe mais perante
seu filho morto.
                    Beije-me nos lábios
como você nunca fez
e esqueça o nome
maldito
de Jesus Cristo.

Danza en la nieve
mujer maldita
danza hasta que tus pies
descalzos sangren,
el Sabbath ha empezado
y en las casas tranquilas
de los hombres
hay muchos más
lobos que aquí.
Luego de bailar toca
la nieve: verás que es buena
y que no quema tus manos
como la hoguera
en que tanta belleza
arderá algún día.
Partiendo de los pies
hasta llegar al sexo
y arrasando los senos
y chamuscando el pelo
con un crujido como de
moscas al estallar en la
vela.

Dance na neve
mulher maldita
dance até que seus pés
descalços sangrem,
o Shabat já começou
e nas casas tranquilas
dos homens
há muito mais
lobos do que aqui.
Depois da dança toque
a neve: verá que ela é boa
e que não queima suas mãos
como a fogueira
em que tanta beleza
arderá algum dia.
Partindo dos pés
até chegar ao sexo
e devastando os seios
e chamuscando o cabelo
com um estalo como o das
moscas ao explodirem na
vela.

Así arderá tu cuerpo
y del Sabbath quedará
tan sólo una lágrima
y tu aullido.

Assim arderá seu corpo
e do Shabat ficará
apenas uma lágrima
e seu uivo.

## acerca del caso dreyfuss sin zola o la causalidad diabólica

### el fin de la psiquiatría

La locura se puede definir, muy brevemente, como una regresión al abismo de la visión o, en otras palabras, al cuerpo humano que ésta gobierna. En efecto, la zona occipital, que regula el desarrollo de la visión, controla, según mi hipótesis, el cerebro, y el cerebro controla todo el cuerpo. De ahí que sea tan importante lo que Lacan minimizaba como "inconsciente escópico", y esa mirada a la que el dicho psicoanalista apodara "objeto a minúscula". Por el contrario, la mirada es un infinito. Contiene imágenes en forma de alucinaciones que son lo que Jung llamara "arquetipos" y Rascowski "visión prenatal". Ferenczi habló del inconsciente biológico: por muy increíble que parezca, ése está contenido en la mirada en forma de alucinaciones. La magia, el inconsciente antes de Freud, lo sabía: "*Fons oculus fulgur*". Freud también decía que el inconsciente se crea a los cuatro o cinco años; en efecto, los niños padecen dichas alucinaciones de una forma natural: de ahí el retorno infantil al totemismo, del que hablara también el fundador del psicoanálisis.

Pero el cuerpo humano, que, salvo para los niños, es un secreto, contiene igualmente alucinaciones olfativas, aunque éstas no remitan a inconsciente metafísico o junguiano alguno, es decir, a inconsciente alguno de la especie o, en otras palabras, a su pasado, en el que los dioses están bajo la figura de tótems, pues no en vano la palabra "zodiaco" significa en griego animales. Dioses estos, pues, corporales, hijos del Sol y de la Tierra.

He aquí, por consiguiente, que el cuerpo contiene la locura y como el único cuerpo entero que existe es el cuerpo infantil, es por tal motivo que la esquizofrenia tuvo por primer nombre "*dementia praecox*" o demencia traviesa. Respecto a la paranoia, su problemática es triple o, en otras palabras, quiero decir que existen tres tipos de paranoia, pues ya nos dijo Edwin Lemert que no existe la paranoia pura; uno de los tipos de paranoia, cuyo síndrome es el delirio de autorreferencia, nos reenvía al problema de que el psiquismo animal es colectivo, y ése es el magma alquímico, en cuyo seno se hunde tal género de paranoico. El otro género de paranoico es el que proyecta su agresividad, con frecuencia, sobre su mujer en el delirio de los celos. El tercer género de paranoico es el que, según ya dijo Edwin Lemert, tiene realmente perseguidores. Ése es el caso al que yo llamo el caso Jacobo Petrovich Goliadkin (el protagonista de *El doble* de F. M. Dostoyewski). Es un sujeto con frecuencia deforme, enano o simplemente raro, o tan oscuro como Dreyfuss, que es víctima de agresiones, humillaciones y vejaciones por parte de sus amigos o compañeros de oficina — o, a veces, de un portero, o sencillamente de un camarero —, y que para dar sentido estético a su vivencia se inventa a los masones, o a la C.I.A., metáforas que reflejan a tan sombríos compañeros.

Las otras locuras son frecuentemente producto de la psiquiatría: tal es el caso de las alucinaciones auditivas, que no existen en estado natural alguno y que son producto de la persecución social o psiquiátrica que cuelga, como vulgarmente se dice, en lugar de explicar o aclarar. Pues cada ser humano puede ser en potencia un psiquiatra, con sólo prestarnos la ayuda de su espejo. Pasemos ahora al caso de Dreyfuss; el caso Dreyfuss, en verdad, fue, como el mío, un caso muy extraño. Ni yo ni él entendimos el origen de la persecución; su naturaleza, sin embargo, o su mecanismo puede definirse como el efecto "bola de nieve": se empieza por una pequeña injusticia y se sigue por otra y por otra más aún hasta llegar a la injusticia mayor, la muerte. O bien como en el *lynch* empieza uno y continúan todos. Así, yo he sido la diversión de España durante mucho tiempo y, a la menor tentativa de defenderme, encontraba la muerte, primero en Palma de Mallorca en forma de una navaja y, luego, en el manicomio del Alonso Vega (Madrid) en forma de una jeringa de estricnina; pero todo por un motivo muy oscuro, no sé si por mi obsesión por el proletariado, nacida en la cuna de la muerte, o bien, por miedo a que desvelara los secretos de un golpe de Estado en que fui utilizado como un muñeco, y en el que los militares tuvieron, primero, la cortesía de apodarme "Cervantes", para llamarme después, en el juicio, "el escritorzuelo". Pero no son sólo los militares los que me usaron; en España me ha usado hasta el portero para ganarse una lotería que de todos depende, porque el psiquismo animal es colectivo, y éste es el motivo de que el chivo expiatorio regale gratuitamente la suerte, en un sacrificio ritual en pleno siglo XX, en nombre de un dios que ya no brilla, sino que cae al suelo herido por las flechas de todos. Ese dios al que todos odian por una castidad que ha convertido al español en un mulo y en una mala bestia. Al parecer toda España ha rodeado amorosamente a la muerte entre sus brazos, y la prefieren al sexo y a la vida.

Que ella les dé al fin su último beso en la pradera célebre del uno de mayo.

**Leopoldo María Panero**

## sobre o caso dreyfus* sem zola ou a causalidade diabólica

### o fim da psiquiatria

É possível definir a loucura, de maneira muito sucinta, como uma regressão ao abismo da visão, ou, em outras

* "Caso Dreyfus" se refere à farsa jurídica que condenou injustamente o capitão Alfred Dreyfus à prisão perpétua na Ilha do Diabo, na Guiana Francesa. Dreyfus, judeu originário da Alsácia — região cedida à Alemanha após a derrota francesa na Guerra Franco-Prussiana — foi acusado de espionagem e de trair o exército francês, tendo supostamente entregado informações sigilosas ao Império Alemão acerca da construção de um canhão de guerra. A primeira condenação aconteceu no ano de 1894, no contexto da Terceira República, e perturbou a opinião pública francesa por doze anos, com diversas reviravoltas e com revelações constantes de fraudes e incoerências processuais. Diversas figuras notáveis se envolveram no caso, como o escritor Émile Zola, que escreveu o famoso artigo "J'accuse", no jornal *L'Aurore*, n. 87, em 13 de janeiro de 1898: uma carta aberta ao presidente Félix Faure, defendendo a inocência de Dreyfus e acusando o governo francês de farsa processual. Em decorrência do artigo, Zola foi condenado à prisão por difamação e se exilou na Inglaterra. O caso Dreyfus foi encerrado em 1906, com a inocência do capitão reconhecida e sua patente no exército restituída. Durante muito tempo, acreditou-se que a condenação se deu apenas por erros processuais, no entanto, o especialista Jean Doise, no livro *Un secret bien gardé* [Um segredo bem guardado] (sem tradução para o português), levanta a hipótese de que a condenação de Dreyfus se tratou de uma armação do alto escalão do exército francês para encobrir seu verdadeiro sistema de espionagem, utilizando Dreyfus como um bode expiatório. (N.T.)

palavras, como uma regressão ao corpo humano que é governado por ela. Com efeito, a zona occipital, que regula o desenvolvimento da visão, controla, de acordo com minha hipótese, o cérebro, e este controla todo o corpo. Daí que isso seja tão importante, mas que Lacan, por sua vez, reduziu como "inconsciente escópico", denominando esse olhar de "objeto a minúsculo". Ao contrário disso, o olhar é um infinito. Contém imagens em forma de alucinações, que são o que Jung chamou de "arquétipos" e Rascovsky de "visão pré-natal". Ferenczi falou do inconsciente biológico, e, por mais inacreditável que pareça, ele está contido na visão sob a forma de alucinações. A magia, que era o inconsciente antes de Freud, já sabia: "Fons oculus fulgur"**. Freud também dizia que o inconsciente é formado por volta dos quatro ou cinco anos; com efeito, as crianças sofrem dessas alucinações de maneira natural: daí o retorno infantil ao totemismo, do qual também falou o fundador da psicanálise.

Mas o corpo humano, que, salvo para as crianças, é um segredo, contém igualmente alucinações olfativas, ainda que elas não se refiram a nenhum inconsciente metafísico ou

** Literalmente "Fonte – Olho – Fulgor". Essas três palavras formam o subtítulo do capítulo 16 "Os Feitiços", do livro *Dogma e ritual de alta magia*, de Éliphas Lévi, mago e ocultista francês do século XIX. (N.T.)

junguiano, ou seja, a qualquer inconsciente da espécie humana, ou, em outras palavras, a seu passado, no qual os deuses estão representados sob a figura dos totens, pois não é à toa que a palavra "zodíaco" significa "animais" em grego. Esses Deuses, então, corpóreos, filhos do Sol e da Terra.

É assim, portanto, que o corpo contém a loucura, e como o único corpo íntegro que existe é o corpo infantil, é por esse motivo que a esquizofrenia foi chamada, primeiramente, de "*dementia praecox*" ou de demência infantil. A respeito da paranoia, sua problemática é tríplice, ou seja, existem três tipos de paranoia, pois já nos disse Edwin Lemert que a paranoia pura não existe. Um dos tipos de paranoia, cujo sintoma é o delírio de autorreferência, nos remete ao problema de que o psiquismo animal é coletivo, e esse é o magma alquímico, em cujo núcleo submerge esse tipo de paranoico. Outro tipo de paranoico é o que projeta sua agressividade, com frequência, sobre sua mulher em crises de ciúme. O terceiro tipo de paranoico é o que, segundo afirma Edwin Lemert, tem, de fato, perseguidores. Esse é o caso que denomino de caso Jacob Petrovich Goliadkin (o protagonista de *O duplo*, de Dostoiévski). É um sujeito frequentemente deformado, anão ou simplesmente estranho, ou tão sombrio como Dreyfus, que é vítima de agressões, humilhações e perseguições por parte de seus amigos ou companheiros de trabalho — ou, às vezes, de um porteiro ou até simplesmente de um garçom —, e que, para dar um sentido estético à sua vida, fabula sobre os maçons ou sobre a CIA, de maneira a metaforizar sobre seus obscuros companheiros.

Os outros tipos de loucura são, frequentemente, produto da própria psiquiatria: esse é o caso das alucinações auditivas, que não existem em nenhum estado natural e são produto da perseguição social ou psiquiátrica, que condena, como se diz vulgarmente, no lugar de explicar ou esclarecer. Pois cada ser humano pode ser, potencialmente, um psiquiatra, bastando recorrer à ajuda de seu espelho. Passemos agora ao caso Dreyfus; o caso Dreyfus foi, como o meu, um caso muito bizarro. Nem eu nem ele entendíamos a origem da perseguição; sua natureza, no entanto, ou seu mecanismo, pode ser definido como o efeito "bola de neve": começa por uma pequena injustiça, que se segue a outra e a outra, até chegar à grande injustiça, a morte. Ou como no *linchamento*, em que um começa e os outros continuam. Assim, eu tenho sido a diversão da Espanha durante muito tempo e, à menor tentativa de me defender, encontrava a morte, primeiro em Palma de Mallorca na forma de uma navalha, e depois no manicômio Alonso Vega (Madrid), na forma de uma seringa de estricnina; mas sempre por um motivo muito obscuro, não sei se por minha obsessão pelo proletariado, nascida no berço da morte, ou se pelo medo de que eu revelasse os segredos de um golpe de Estado em que fui usado como fantoche, e no qual os militares tiveram primeiro a cortesia de me chamar de "Cervantes" para depois me chamarem, no tribunal, de "o escrevedor". Mas não são apenas os militares que me usaram, na Espanha até o porteiro me usou para ganhar na loteria, pois o psiquismo animal é coletivo e este é o motivo pelo qual o bode expiatório é oferecido de maneira fortuita, em um ritual de sacrifício em pleno século XX — em nome de um deus que já não brilha — e que, por fim, cai no chão ferido por flechas atiradas por todos. Esse deus que todos odeiam por ter convertido, devido a sua castidade, o espanhol em um burro ou em uma besta. Ao que parece, a Espanha inteira abrigou amorosamente a morte em seus braços, preferindo-a em detrimento do sexo e da vida.

Que ela os dê, enfim, seu último beijo no célebre primeiro de maio.

**Leopoldo María Panero**

# esparsos

**inéditos de *poemas del manicomio de mondragón***
(publicados no livro *contra españa y otros poemas no de amor* [1990])

*

Hay cuatrocientos hombres
que se lavan en la piedra de la desdicha.
¿Vendrás mañana?
Tú eres la única esperanza de escapar
a la piedra de la desdicha
pues todo otro es un mundo posible.
¿Vendrás mañana?
Es fácil decir para siempre.

*

Há quatrocentos homens
que se lavam na pedra da desgraça.
Você virá amanhã?
Você é a única esperança de escapar
da pedra da desgraça
pois todo o resto é o mundo possível.
Você virá amanhã?
Eu poderia repetir isso para sempre.

*

En mis manos acojo los excrementos
formando con ellos poemas
cerca estoy ya de donde sopla el viento*
y odres de vino de mi nombre están llenas.

Mi ano es todo lo profundo
solo construye un mundo
un niño baila en el dibujo
como la rosa de lo inmundo.**

---

* Comentario de algunos puntos oscuros. "cerca estoy ya de donde sopla el viento". El viento es aquí un símbolo de la nada, de lo que borra toda esencia, de esa indiferencia que también se llama muerte allí, en el paraíso, "odres de vino de mi nombre están llenas" siendo en este caso «mi nombre» mi alma. Y sin embargo "Mi ano es todo lo profundo": esto es, no hay metafísica alguna excepto la rosa de lo inmundo. (N.A.)

**Variante: fiel a la rosa de lo inmundo. (N.E.) [Túa Blesa, edición española]

*

Em minhas mãos acolho os excrementos
formando poemas com eles
estou próximo de onde sopra o vento*
e os jarros de vinho estão cheios de meu nome.

Meu ânus é todo o profundo
sozinho constrói um mundo
um menino dança sobre o rascunho
como a rosa do imundo.**

---

* Comentário de alguns pontos obscuros. "estou próximo de onde sopra o vento". O vento aqui é um símbolo para o nada, para o que apaga toda a essência, dessa indiferença que também é chamada de morte ali, no paraíso, [onde] "os jarros de vinho estão cheios de meu nome", mas, neste caso, "meu nome" é a minha alma. Por fim, "Meu ânus é todo o profundo": e ele é, não há metafísica alguma, exceto a rosa do imundo. (N.A.)

** Variante: fiel à rosa do imundo. (N.E.) [Túa Blesa, edição espanhola]

*

Los labios de los hombres
dicen que la mujer es bella
y mienten.
Sin embargo tú eres bella como de la mujer
dicen los libros y las leyendas
y pensé en besarte al amparo de la muerte
única segura compañera
y eyaculé sangre pensando que me amabas.
Hoy de aquella Zaragoza que la amistad nombró
sólo queda
sobre la mesa un ejemplar sin vida
de *Vida ávida* de Ángel Guinda
y unas voces que oigo en las pesadillas.

*

Os lábios dos homens
dizem que a mulher é bela
e mentem.
No entanto você é bela como dizem
os livros e as lendas sobre as mulheres
e pensei em lhe beijar com o amparo da morte
única companheira confiável
e ejaculei sangue pensando que você me amava.
Hoje daquela amizade que nasceu em Zaragoza
resta apenas
sobre a mesa um exemplar sem vida
de *Vida ávida* de Ángel Guinda
e algumas vozes que ouço nos pesadelos.

## **inéditos de *poemas del manicomio de mondragón***

(publicados no livro *teoría del miedo* [2001])

*

Hay cuatrocientos hombres
que se lavan en la piedra de la desdicha
¿vendrás mañana?
es fácil decir para siempre.

*

Há quatrocentos homens
que se lavam na pedra da desgraça
você virá amanhã?
eu poderia repetir isso para sempre.

*

*a Samuel Fuller*

Y cayó sólo ceniza,
lágrimas y esperma
y llovió sobre las paredes del manicomio.

*

*a Samuel Fuller*

E caiu apenas cinzas,
lágrimas e esperma
e choveu sobre as paredes do manicômio.

*

*a Santa Teresa*

Y no sabe mentir
la boca del muerto.

*

*a Santa Teresa*

E não sabe mentir
a boca do morto.

*

Ah la nieve, la nieve que me llama
y los árboles que me llaman
y los bosques del papel.

*

Ah, a neve, a neve que me chama
e as árvores que me chamam
e as florestas do papel.

*

Temed al hombre de la máscara rota
porque no es
Y el no ser es un tesoro
para jugar con él los ritmos del falo.

*

Temam o homem com a máscara partida
pois ele não é
e o não ser é um tesouro
para brincar com ele nos ritmos do falo.

*

Como la vida el verso es una partida
de ajedrez con el horror
Y el poema es peor que la muerte.

*

Como a vida o verso é uma partida
de xadrez com o horror
e o poema é pior que a morte.

*

Ah, el vizconde, el vizconde de la nada y de la muerte
perseguido tan sólo por el viento
por el húmedo fluir de las palabras
grabadas con fuego sobre mi piel.

*

Ah, o visconde, o visconde do nada e da morte
perseguido apenas pelo vento
pelo fluir úmido das palavras
gravadas com fogo sobre minha pele.

# globo rojo

[1999]

*

Los años han roto mi cara
y dicen que no es sangre, sino pus lo que corre
lentamente por el tembladeral de mis venas
donde agoniza un dios del pasado
que desde el poema nos llama con la mano de un muerto.

*

Os anos devastaram meu rosto
e dizem que não é sangue, mas pus o que escorre
lentamente pelo pântano de minhas veias
onde agoniza um deus primitivo
que do poema nos chama com a mão de um morto.

## diario del manicomio de mondragón

## relación de un asesinato

*6 de enero*

Toda mi habitación llena de humo, colillas por doquier, la cama deshecha: mañana me obligarán a hacerla de nuevo.

*5 de enero*

Las campanas de la iglesia tocan a rebato: ¿Sublevación militar en Palma de Mallorca? Will they shoot x-y? Aparece en la puerta un loco que se cree Genaro, el sapo, con una pistola en la mano.

## diário do manicômio de mondragón

### relato de um assassinato

*6 de janeiro*

Meu quarto está cheio de fumaça, bitucas por todo o canto, a cama desfeita: amanhã me obrigarão a fazê-la novamente.

*5 de janeiro*

Os sinos da igreja soam o sinal de alarme. Motim militar em Palma de Mallorca? Will they shoot x-y?* Surge na porta um louco que acredita ser Genaro, o sapo, com uma arma na mão.

* "Eles irão atirar em x-y?", verso do poema "LXXX" do livro *Os cantos*, de Ezra Pound. (N.T.)

*4 de enero*

Las campanas de la iglesia tocando a muerto.
De noche.
Mi cadáver en el lecho: ¿resucitaré otra vez,
cosido a balazos?
Entra Billy el niño, jugando a vaqueros, y lleva en la
mano mi alma.

*3 de enero*

Un loco que se cree Dios lleva en un cáliz la cabeza devorada de mi amigo Pedro Ancoechea.

*6 de enero*

Salgo a la puerta y me arrodillo ante la muerte.

*4 de janeiro*

Os sinos da igreja anunciam a morte.
É noite.
Meu cadáver na cama: ressuscitarei outra vez,
crivado de balas?
Entra o pequeno Billy, brincando de *cowboy*, e leva minha alma em sua mão.

*3 de janeiro*

Um louco que acredita ser Deus leva em um cálice a cabeça devorada de meu amigo Pedro Ancoechea.

*6 de janeiro*

Saio pela porta e me ajoelho diante da morte.

*4 de enero*

Unas viejas beatas susurran: creíamos que lo querían matar por la fe.

*3 de enero*

En la caja, asolada por la ETA, brillan como cerebros unos dólares falsos. La muerte por un cheque sin fondos.

*4 de enero*

¿Quién me matará hoy, por orden de los «militares»? ¿Garicano, que asesinó a su padre por regañarle acerca de unos exámenes suspendidos, y que se cree un insecto, una mosca que sucesivamente se posa en un armario, en un bolígrafo, en mi cabeza?

*4 de janeiro*

Umas velhas beatas sussurram: acreditávamos que eles o queriam matar por fé.

*3 de janeiro*

Em um cofre, destruído pela ETA**, dólares falsos brilham como cérebros. A morte por um cheque sem fundo.

*4 de janeiro*

Quem me matará hoje, por ordem dos "militares"? Garicano, que assassinou seu próprio pai por ele o repreender por suas notas baixas, e que acredita ser um inseto, uma mosca que sucessivamente pousa em um armário, em uma caneta, em minha cabeça?

---

** Euskadi Ta Askatasuna (ETA), que em basco significa "Pátria Basca e Liberdade", foi uma organização paramilitar nacionalista que buscava a separação da região basca, sob domínio da Espanha e da França. Foi fundada em 1959 e extinta em 2018. (N.T.)

*6 de abril*

Hay aroma de palizas en el ambiente. El boxeador sonado es una amenaza constante de golpes y de muerte. En mi cenicero hay unos signos que recuerdan a la baraja de póker. Entre muerte y muerte me corro sobre la cara de Santi. Luego escupo, estoy vivo.
En el jardín pasean jirafas.

*7 de abril*

Temo las borracheras del boxeador sonado, que se cree San Pedro. El tráfico de alcohol aquí es incesante. Mi belleza, con la que han acabado casi el alcohol y los manicomios, es tan sólo un incentivo para la muerte.

*20 de abril*

Entro en el bar de los enfermos. Todo él está lleno de hojas amarillas que recuerdan a viejos. Caminando hacia la barra pisoteo algunas de ellas semejantes a álbumes o a

*6 de abril*

Há um aroma de surras no ambiente. O boxeador demente é uma constante ameaça de golpes e de morte. Em meu cinzeiro há signos que me lembram um baralho de *poker*. Entre uma morte e outra, me masturbo na cara de Santi.
Então jorro, estou vivo.
Girafas passeiam pelo jardim.

*7 de abril*

Temo os porres do boxeador demente, que acredita ser São Pedro. O tráfico de álcool aqui é contínuo. Minha beleza, que o álcool e os manicômios aniquilaram, é apenas um incentivo à morte.

*20 de abril*

Entro no bar dos enfermos. Ele está repleto de folhas secas e amarelas que lembram pessoas velhas. Caminhando na direção do balcão, piso em algumas delas, que se parecem recuerdos. El camarero está acodado a la barra, y junto a su cabeza hay una cocacola. Me habla de un crimen que cometió hace tiempo, hace mucho tiempo. Luego pasa un trapo de cocina por la frente y susurra: Oh mi cabeza, mi cabeza, mi pobre cabeza!

**FIN**

com álbuns ou lembrancinhas. O garçom apoia os cotovelos no balcão do bar, próximo à sua cabeça há uma Coca-Cola. Ele me conta de um crime que cometeu há muito, muito tempo. Então esfrega um pano de prato em sua testa e sussurra: oh, minha cabeça, minha pobre cabeça!

**FIM**

# anexos

seleção de fac-símiles da revista *globo rojo* [1982-1999]

## breve nota de apresentação

*Globo Rojo* foi uma revista de literatura e artes visuais organizada e editada pelos próprios internos do hospital psiquiátrico de Santa Águeda, conhecido como manicômio de Mondragón. Possuiu, ao todo, 24 números, sendo editada entre 1982 e 1999. Devido a sua grande extensão, esta edição se limitou a reproduzir a integralidade da obra poética de Leopoldo María Panero, bem como algumas das capas e das obras visuais publicadas no referido periódico.

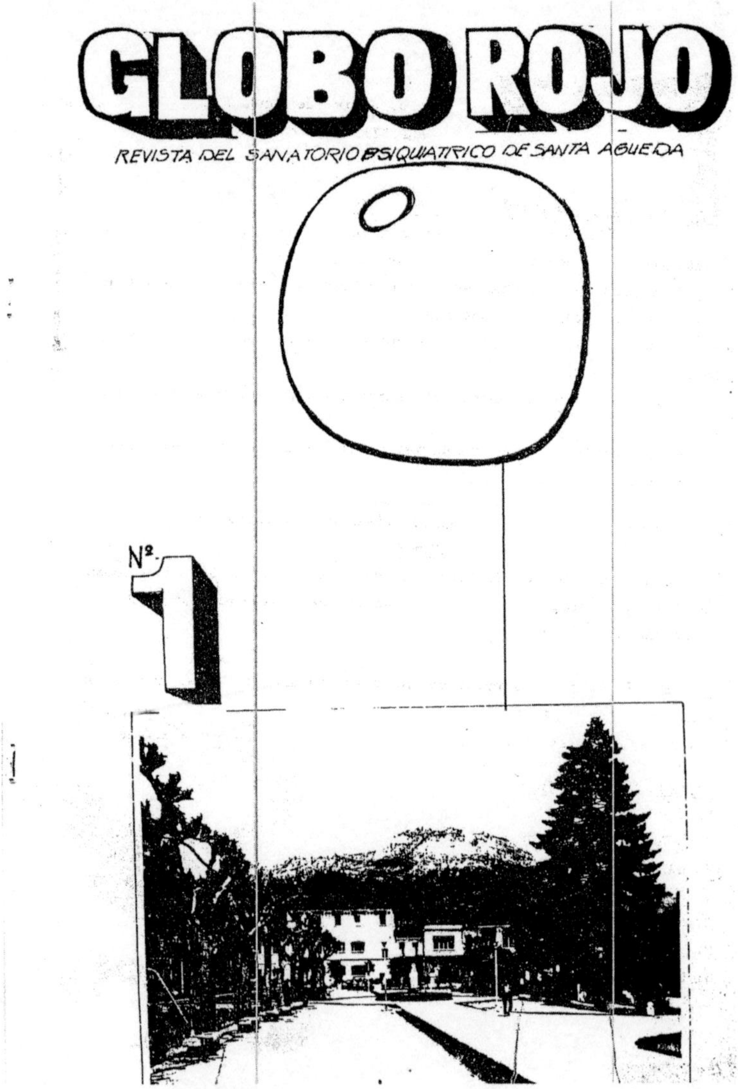


Capa da primeira edição da revista *Globo Rojo*, 1982.

## EDITORIAL

!El colectivo de Santa Agueda: PRESENTA,!!!!
!TARARIIII...!!!!!!!
Una original revista, !CHISPUN; CHISPUN++!!

¿Para qué?

-"Vehículo de expresión de la gente de Santa Agueda",(menos contaminante que los tradicionales).

_"Comprensión de sentimientos y anhelos",(no es necesario hallarse en posesión del título de frenópata).

_"Estar más al tamto de lo que sucede diariamenta en el centro", (que no es poco).

_"Ocurrencias momentaneas, vivencias e historias, recuerdos",¿quién da más?.

-"Información para que se diviertan",(autorizada para todos los públicos).

¿Por qué?

-"Lo habeis querido los médicos",(sin comentarios).

¿Cómo?

-"Con la aportación de todos en una sala de uno de los pabellones en reuniones colectivas.Proceso en el que ha habido días grises", (y de más colorines).

P.D. El título no es sarcástico. Se trata de uno de los sueños de un colaborador de la revista.
!PURRON PON PON!!!!!!!!

CONSEJO DE REDACCION:
P.M. CHOCARRO.
C. ECHEGOYEN. (Ilustrador)
P. GALLASTEGUI.
C. MARTINEZ AZUMENDI.
F. MARTINEZ MURRAS. (Cajero)
M. ORTIZ.
S. ZARZA. (Secretario)
J.I. ZUBELDIA.

Editorial da primeira edição da revista *Globo Rojo*, 1982.

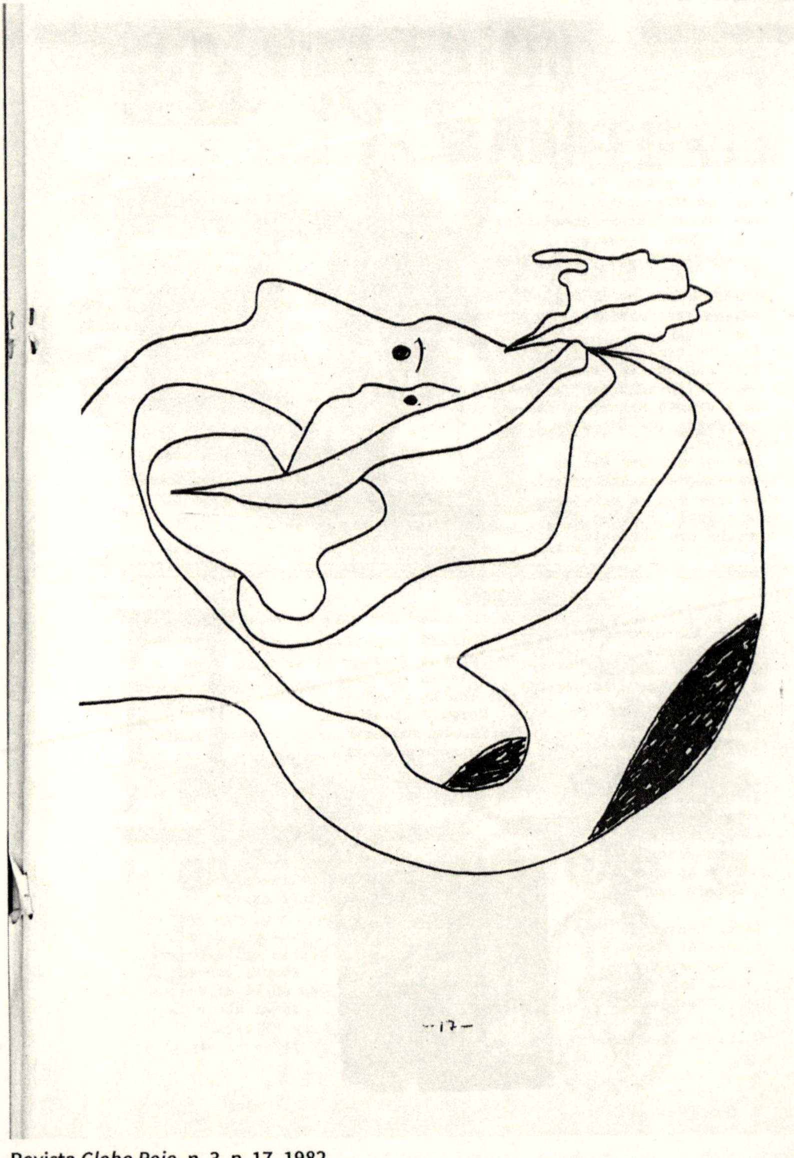


Revista *Globo Rojo*, n. 3, p. 17, 1982.

Revista *Globo Rojo*, n. 5, capa, 1983.

Paseando

me encontre

2 pajarillos al humo

y un sosten

MORBOSO

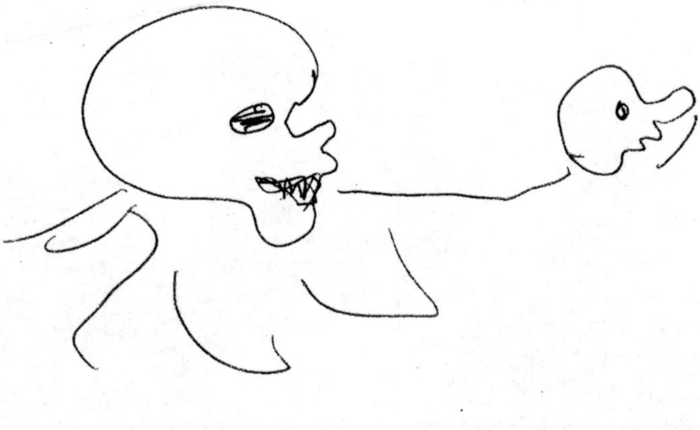

Revista *Globo Rojo*, n. 5, p. 8, 1983.

Revista *Globo Rojo*, n. 6, capa, 1984.

Revista *Globo Rojo*, n. 6, p. 6, 1984.

Revista *Globo Rojo*, n. 6, p. 19, 1984.

Revista *Globo Rojo*, n. 7, capa, 1984.

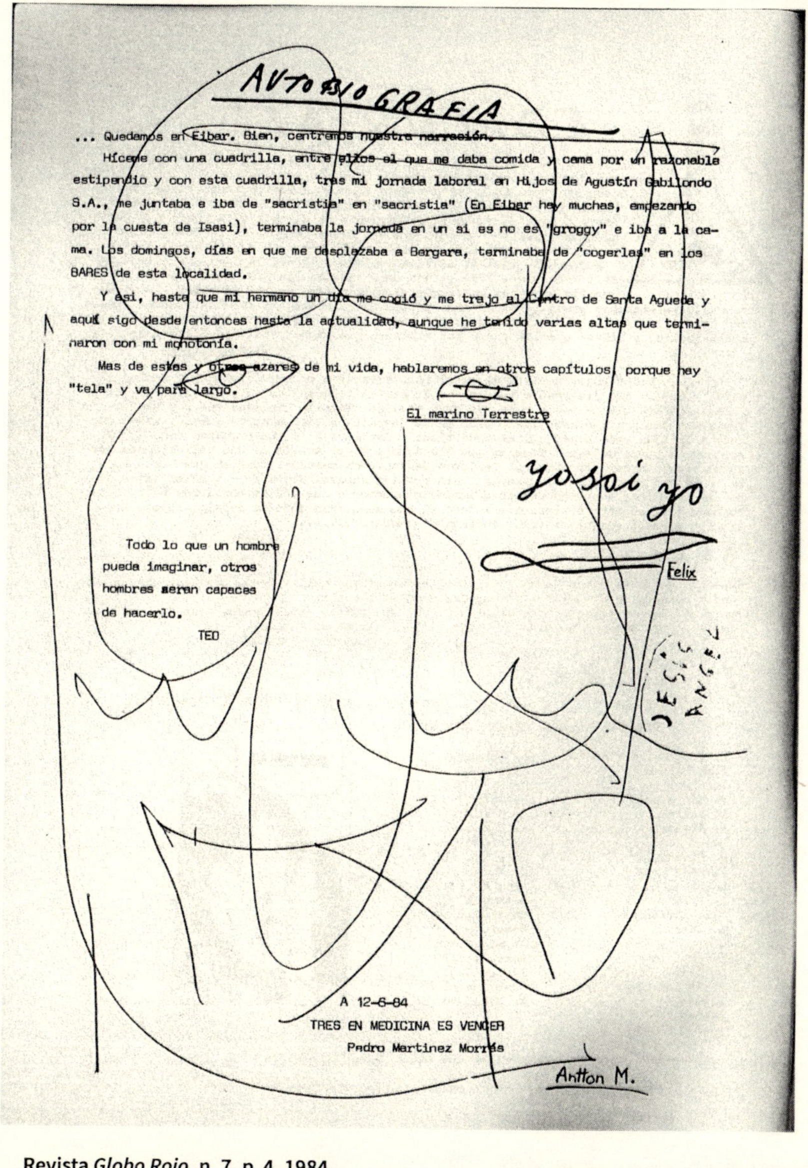

# AUTOBIOGRAFIA

... Quedamos en Eibar. Bien, centremos nuestra narración.

Híceme con una cuadrilla, entre ellos el que me daba comida y cama por un razonable estipendio y con esta cuadrilla, tras mi jornada laboral en Hijos de Agustín Gabilondo S.A., me juntaba e iba de "sacristia" en "sacristia" (En Eibar hay muchas, empezando por la cuesta de Isasi), terminaba la jornada en un si es no es "groggy" e iba a la cama. Los domingos, días en que me desplazaba a Bergara, terminaba de "cogerlas" en los BARES de esta localidad.

Y así, hasta que mi hermano un día me cogió y me trajo al Centro de Santa Agueda y aquí sigo desde entonces hasta la actualidad, aunque he tenido varias altas que terminaron con mi monotonía.

Mas de estas y otras azares de mi vida, hablaremos en otros capítulos, porque hay "tela" y va para largo.

El marino Terrestre

yo soi yo

Felix

Todo lo que un hombre
pueda imaginar, otros
hombres seran capaces
de hacerlo.

TEO

JESUS ANGEL

A 12-6-84

TRES EN MEDICINA ES VENCER

Pedro Martinez Morrás

Antton M.

Revista *Globo Rojo*, n. 7, p. 4, 1984.

Revista *Globo Rojo*, n. 7, contracapa, 1984.

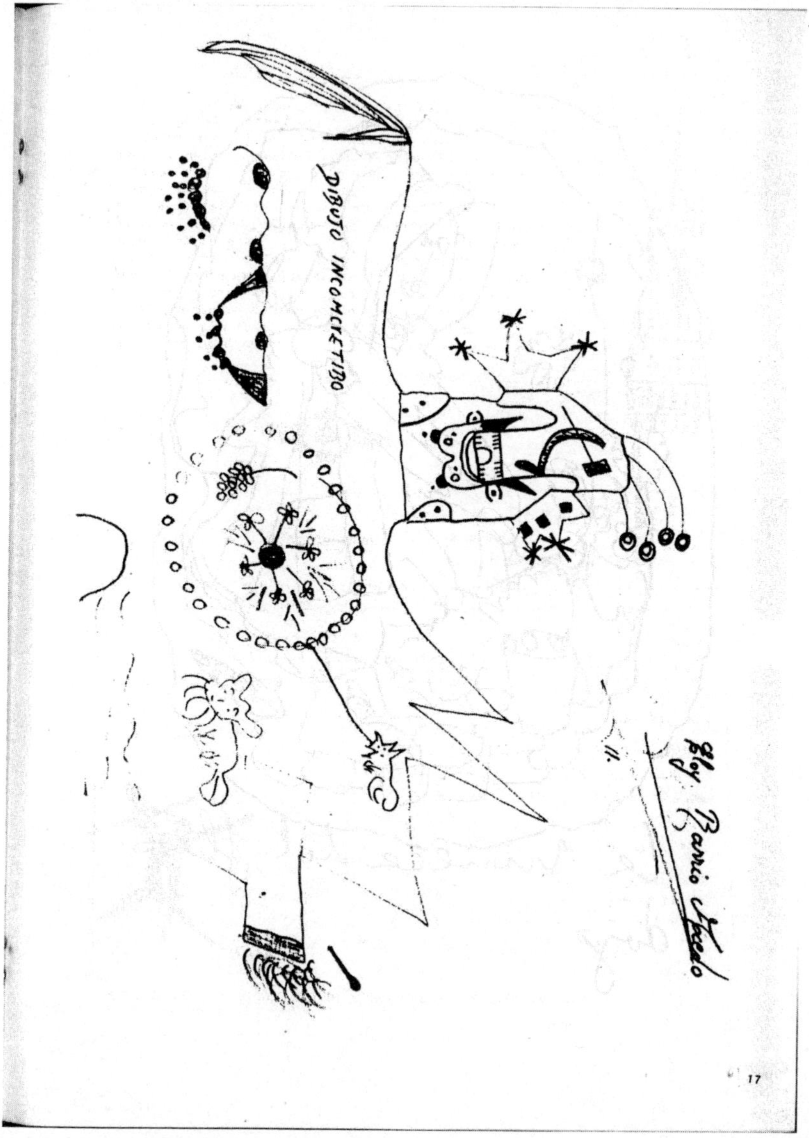


Revista *Globo Rojo*, n. 8, p. 17, 1985.

La palabra "psihé" contenida en el término "psiquiatría" es una palabra que significa en griego "aliento". Esto es importante señalarlo en una situación en la que la psiquiatría significa la metódica castración del sentido, que es lo que se encierra en el aliento. La sistemática denegación simbólica de ese lenguaje metafórico llamado delirio lleva a los extremos que se ve pasear por Mondragón, y cuyo destino hemos tratado de reflejar en estos poemas. Asi como el psicoanalisis es un homenaje a la locura y quiere ser su doble, la psiquiatría es tan solo el mito de un saber, y a nivel ideológico y en la práctica el desprecio de nuestra existencia. Estos sujetos que aquí escriben conmigo han pagado han pagado con sus vidas el precio de ese desconocimiento. La tarea psiquiátrica se reduce en el mejor de los casos a la vigilancia y custodia, cuando no a la eficaz castración simbólica y orgástica de estos sujetos. Cuidado con vuestras lógicas, he dicho, cuidado con vuestras lógicas, no sabeis hasta donde puede llevarnos nuestro odio por la lógica. Lo que podría haber sido un incendio en la base de la realidad, ve castigado su real peligro de fragmentar y poner en cuestión el artificial modo de percibir existente con la soledad y el desamparo totales, que se manifiestan en los paseos solitarios de estos llamados "locos".

Que existe una posibilidad de rescate lo prueban los textos que integran esta revista. Pero esta posibilidad pasa por el abismo que solo la poesía estuvo lejos de despreciar. Y ello por cuanto toda poesía que no pase por la retórica y que no esté muerta crea o descubre una relidad divergente que forma parto y no de una distinta estructura, sino de un diverso modo de percepción, de una distinta experiencia en donde se encuentran la literatura y la neurosis, muy lejos de la psiquiatría que se supone saber (I). He visto que una niña traía en sus manos un periódico. El Caso era su periódico y lo trae en el hocico.

LEOPOLDO PANERO

BUFFALO BILL HA MUERTO

EL CABALGABA UN SEMENTAL DE PLATA

Y MATABA UNODOSTRESCUATROCINCO PICHONES COMO SI NADA

DIME AHORA

QUE HAS HECHO CON TU HERMOSO MUCHACHO DE OJOS AZULES

SEÑORA MUERTE.

Revista *Globo Rojo*, n. 10, p. 16, primeiro texto de Leopoldo María Panero publicado na revista, 1

Revista *Globo Rojo*, n. 12, capa, 1988.

POESIA

EN la selva caimos
en la oscura selva
sin otra salida
que un aguerb negro para caer tan sólo
y jamás levantarse:
que el toro nos salve
e ilumine la selva
y guíe nuestros pasos por el negro agujero
prometiendo una luz que la selva destruya
una luz donde asentar la vida
que el toro nos salve
y haga un hombre del hombre
y sendero el oscuro
cámino de la selva
que el toro nos salve
ya que promesa oscura
es el 'oro de nuestra saliva.

LEOPOLDO Mª PANERO

Revista *Globo Rojo*, n. 12, p. 15, 1988.

Los años han roto mi cara
y dicen que no es sangre, sino pus lo que corre
lentamente por el tembladeral de las venas
donde agoniza un dios del pasado
que desde el poema nos llama con la mano de un muerto.

LEOPOLODO PANERO

**ALELUYA**

Somos Angelitos del SEÑOR
Enviados a, la tierra
en esta condicion.

Nacemos para vivir
Vivimos para comer
Comemos para trabajar
Trabajamos para enfermar
Enfermamos para morir
Morimos para DESCANSAR.

Vivamos la vida con alegria
Que para eso DIOS nos la DIO.

ALEGRIA

Un jarro de mesa

Abel Sanz

SOLICITUD DE UN VIDEO: PARA "GLOBO ROJO".
PODIA SER [illegible] EN EL LOCAL DE "GLOBO ROJO"
O EN EL SALON DE ACTOS DEL SAGRADO CORAZON. PARA ADQUIRIR
CULTURA Y [illegible] PUEDE SER MUY INTERESANTE.

Revista *Globo Rojo*, n. 12, p. 16, 1988.

JUGANDO AL ESCONDITE DETRAS DEL CARRO; ABANDONADO

OLVIDAMOS EL NOMBRE DE CADA UNO DE LOS DOS

Y LA FLAUTA DE PAN TOSTADO TRAS DE UN SOLLOZO

OLVIDAMOS EL NOMBRE DE CADA UNO DE LOS DOS

JUGANDO AL ESCONDITE DETRAS DEL CARRO ABANDONADO

Y PAXABAN Y PASABAN LOS HOMBRES A NUESTRO ALREDEDOR PASABAN

OLVIDANDO LA FLAUTA DE PAN

Y QUE ESTABAN SIN CESAR

JUGANDO DETRAS DE UN CARRO ABANDONADO

Y SIN DIENTE S MORDIENDO AIRE DEDOS DE LA COSA

JUGANDO AL ES CONDITE AL REDEDOR DEL CARRO ABANDONADO

LEOPOLDO PANERO

DIA 7 DE ABRIL DE 1.988

QUERIDOS AMIGOS MARIA CRISTINA JAVIER Y BALTASAR Y JESUS Y AMIGOS QUE HABEIS HECHO EL VIAJE A BENIDORM

TODOS HABEIS SIDO MUY RECORDADOS AUNQUE EL VIAJE SE ME HACE UN POCO DIFICIL DE RECORDAR PERO YO OS SEGUI CON JESUS Y LOS APOSTOLES Y LA CAPILLA DE ESTE SANATORIO, EL QUERIDO EQUIPO QUE HABEIS HECHO EL VIAJE, A TODOS MI ENHORABUENA, YA ME CONTAREIS .AQUI NO VEO EL EQUIPO PERO YA ME ACERCARE A ELLOS.

WITH LOVE

JOSE MANUEL LAMIQUIZ

Revista *Globo Rojo*, n. 12, p. 30, 1988.

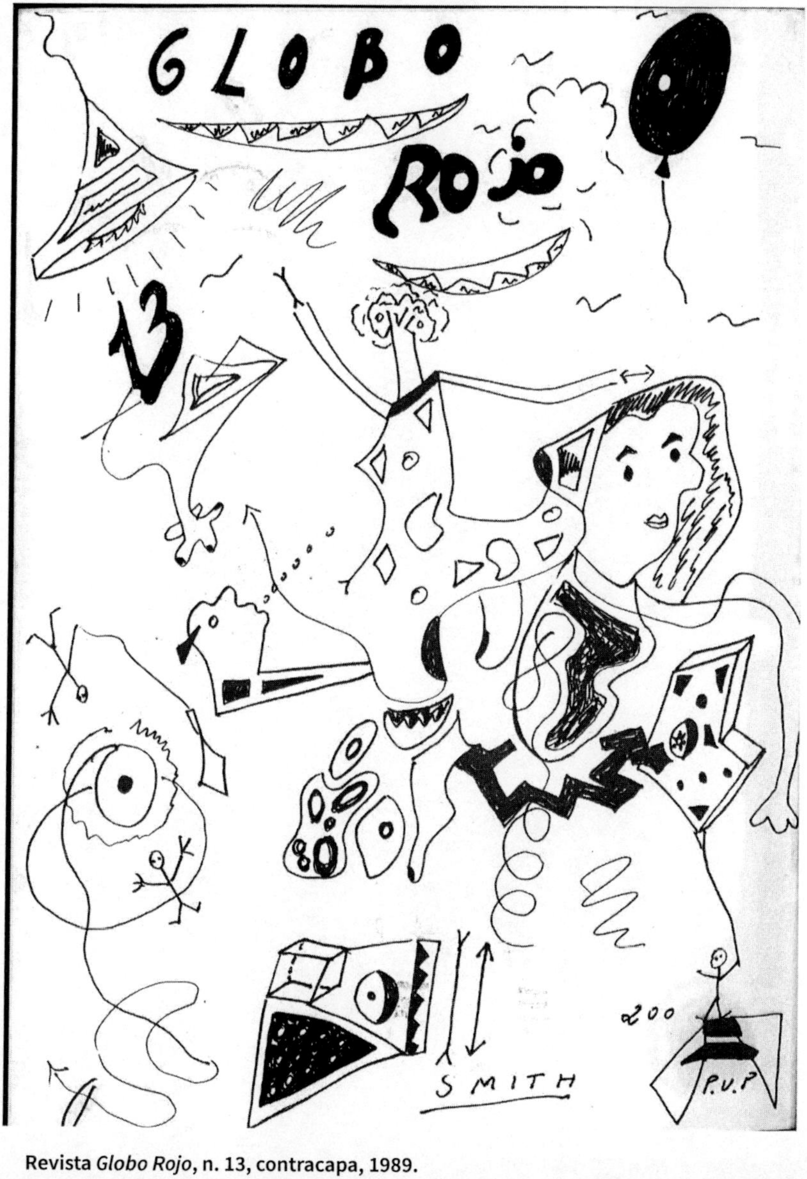


Revista *Globo Rojo*, n. 13, contracapa, 1989.

# POESIA

EL AMOR ES MENOS PODEROSO QUE EL ODIO
QUE RIE DE EL COMO SI DE UNA MUJER SE TRATARA
Y LLORA EN LAS SOMBRAS PERSEGUIDO POR LA NOCHE
QUE AULLA EN MI LENGUA:
RIE,RIE DE MI PARA QUE EL SOL SE ROMPA
Y EL ODIO TRIUNFE SOBRE TODAS LAS LEYES

LEOPOLDO Mª PANERO

LA NIEVE SE PARECE A LA SANGRE
Y EL VIENTO GOLPEA LAS FAUCES DE LOS NIÑOS
QUE LLORAN ETERNAMENTE
EN EL UMBRAL DEL SUEÑO
EN EL LABERINTO DE LA NIEVE
POR ELLA VENCIDOS COMO FLORES
QUE APLASTA UNA MANO
QUE CORTAN LOS DIENTES
Y QUE SOBRE EL PAPEL
DERRAMAN SU SANGRE

L.M.PANERO

LA NADA ES NADA
LA ETERNIDAD ES VERDAD
TODO ES CAMINO HACIA EL INFINITO O
FINITO O BONITO EN ESCABECHE QUE
SABE MEJO.EL ATUN NO ES BONITO
AUNQUE SEA FINO.
ESTO PUEDE SER FINO COMO
ENCARNACION.
PUEDEN SER RELATOS
PARA PASAR BUENOS
RATOS.

SANTIAGO ZARZA

Revista *Globo Rojo*, n. 14, p. 5, 1990.

C R E E R

1.-CREER EN DIOS
ES CREER EN UNO
MISMO Y EN LOS
DEMAS.
NO CREER EN NADA
NO TIENE SENTIDO
COMUN.

2.-CREER EN LOS PADRES
ES RECONOCERSE
A SI MISMO Y SENTIRSE
UTIL EN LA SOCIEDAD
SIEMPRE CUANDO BORRE
GUERRA Y HAYA SALUD.

3.-CREER EN LOS QUE NOS
CUIDAN Y PROTEGEN
ES CONFIAR EN TODOS.

4.-CREER CUANDO NO SOMOS
DE AQUI,SIGNIFICA RESPETAR
CALLAR,OTORGAR Y DIALOGAR.

5.-CREER EN LA PAZ
LA SOCIEDAD MUNDIAL SE
RESISTE PERO HABRA ALTOS
Y BAJOS.

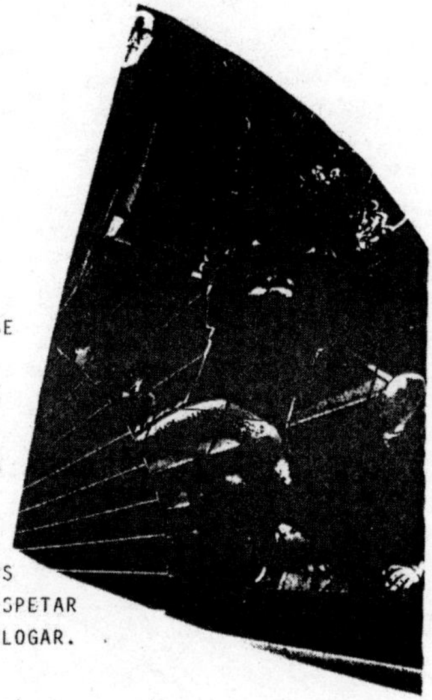

JULIAN MARTIN
1.945-1.990.

V I D A

BUSCA EL LUGAR EN QUE DUERMEN LOS PERROS
EL LUGAR DONDE TERMINA MI SUEÑO
Y UNAS HECES BRILLAN BLANCAS COMO EL
SIGNIFICANDO MAS QUE EL
POR QUE ES AL TERMINO DE LA PALABRA DONDE
SE ENCUENTRA EL REINO DE LA VIDA.

L.Mª PANERO

Revista *Globo Rojo*, n. 14, p. 16, 1990.

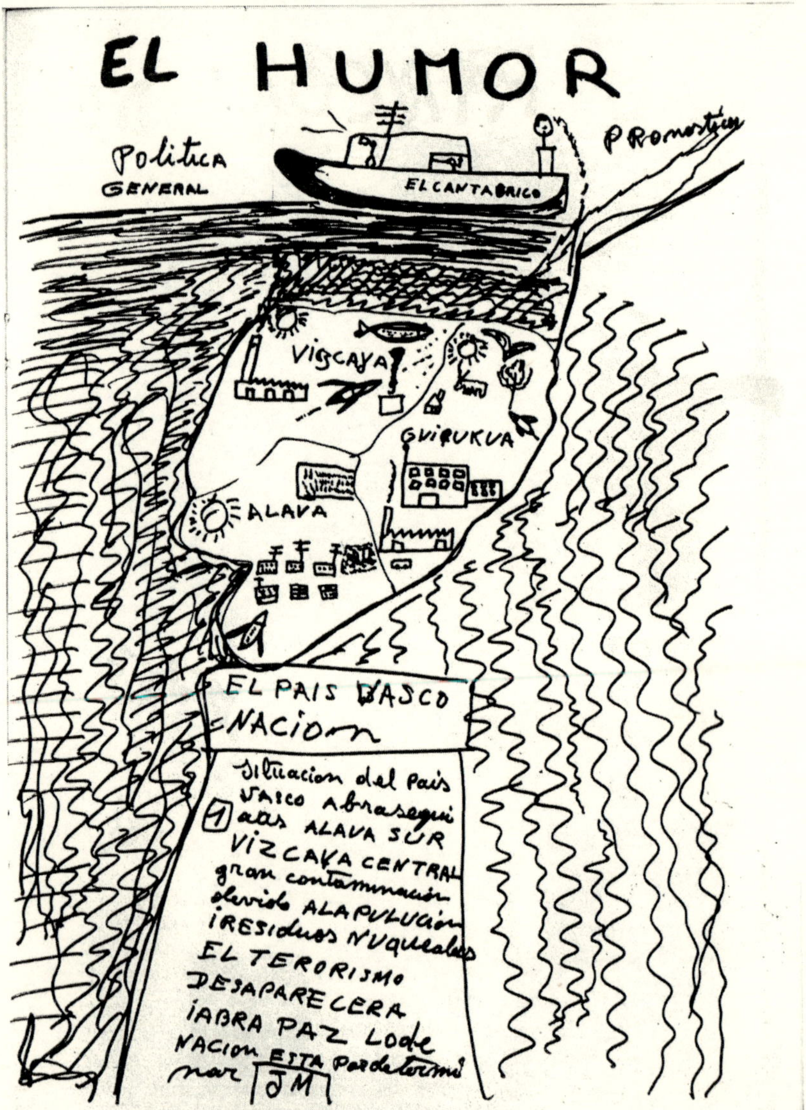


Revista *Globo Rojo*, n. 14, p. 17, 1990.

## EL FIN DE UNA MAR

El mar compone un trazo
de una inmensa escritura
oh! la mano del hombre que tiembla
ante una inmensa escritura.
El mar es el momento en que la escritura desfallece
ante la sombra de la lectura
ante el crepusculo cruel en que otro hombre descifra
lo que hizo la mano
tragada por una inmensa ola
por el colorido verde de la nada
que lo mismo que la vida
empapuza de sal tu boca más impura.

LEOPORDO Mª PANERO

## LA RIMA DEL VIEJO MARINERO

"Y en su frente estaba grabado "Misterio"
Apocalipsis según san juan.
El enigma del mal sonrie a las puertas del infierno
Y el enigma del mal bien aulla mostrando su boca
desdentada
nadie sabrá nunca el por qué de una derrota
y estupefacto viviré en el octavo circulo del infierno.

LEOPOLDO Mª PANERO

## ROSA AZUL

Rosa azul de Fatima
eres cruel engendro que
buscas la paz en el corazón
de los hombres.Eres sincera
por gratitud salvaje de una
naturaleza real y posterior a
la comunidad católica que engendra amor
desde el valle perdido.

FREDY

evista *Globo Rojo*, n. 15, p. 3, 1990.

# EL BUCO

SAPOS BRILLAN EN EL CIELO
CUANDO EL BUCO BRILLA EN MEDIO
DE UNA MUJER Y DE UN HOMBRE
ABRAZADOS EN EL SUELO.

MI BRAZO SEÑALA AL CIELO
CUANDO AL SUELO CAE EL BUCO
Y EL VENENO ME RODEA:
MI CEREBRO YA ES UN HIMNO
Y AQUEL QUE AYER ME HIRIERA
COMO UN SAPO BRILLA Y SE ESCONDE
ENTRE LA HIERBA DEL CIELO.

LEOPOLDO Mª PANERO

# MAR DE MAPILERO

Con gran amor quiero explicar mi vida de navegante por esos tres continentes,digo que no lo se como me sentiré,con my estancia en este Sanatorio,aunque de buen recuerdo,pues la vida ha cambiado, y la vida aunque habrá con barcos que empiezan con remo entre chicos y otras grandes expresas,que se estan formando,todo habrá.
Como hace tiempo que he navegado con aquella ilusión,no lo se explicar en grande y buena disposición, lo que he comenzado a hablar de la mar y su comercio.
(Traducido del original en ingles)

JOSE MANUEL LAMIQUIZ

Revista *Globo Rojo*, n. 15, p. 15, 1990.

# EL CABALLO

ESCUCHA AMIGO Y HERMANO
NO TE HUNDAS SIN SOLUCION
NO PRUEBES EL CABALLO
SERA TU PERDICION

POR MUY FUERTE QUE AGARRES SUS RIENDAS
TE LLEVARA SIN DIRECCION, Y JAMAS
CONSEGUIRAS SATISFACCION.

CON UN CABALLO EN LA SANGRE
TE CREES EL REY DE ESTE MUNDO,
SE TE OLVIDAN LOS PROBLEMAS,
PERO SE TE AGUDIZAN LAS PENAS.

POR MUCHO QUE TE CONTROLES
Y TE CREAS QUE BIEN LO LLEVAS
TODO SERAN ILUSIONES
EL DIA EN QUE JAMAS
VUELVAS.

J.M.R.
"TXUMAI"

JOSE LUIS LOBETO

<u>ASCENSION Y CAIDA</u>

LA ASCENDION A LOS CIELOS COMIENZA POR LA PRIMERA PAGINA
LA CAIDA, TRAS EL SUSURRO, A LOS PIES DE LA PAGINA
MANCHADA DE VIDA Y LODO
ES EL HALLAZGO DEL REY DE LA CIENAGA
CUBIERTO DE ROSAS PARA MORIR
EL REY QUE ODIA LA LUZ Y QUE NO ES EL REY DE LA PAGINA
COMO LA ASCENSION NO ES LA CAIDA.

LEOPOLDO Mª PANERO

Revista *Globo Rojo*, n. 15, p. 15, 1990.

Revista *Globo Rojo*, n. 15, contracapa, 1990.

# POESIA

Y ASI FUE
#########

PUEDE QUE NO HAYA VIVIDO SUFICIENTE
PUEDE QUE ALGUN DIA ME LAMENTE
POR HABER DEJADO ESCAPAR AQUELLA FLOR
QUE MAS TARDE ME ATRAERIA CON SU OLOR.

SE ME FUE DE LAS MANOS COMO UNA PALOMA
DEJANDO EN MI CUERPO SU AROMA
SE ACABO COMO UNA LARGA NOCHE
SIN QUE NUNCA MAS ME HICIERAS UN REPROCHE.

Y SI ALGUN DIA ME LLEVA EL RIO
NO ME VENGAIS A LLORAR
NUNCA ESTARE BAJO TIERRA
SOY VIENTO DE LIBERTAD.

J.M.R.(TXUMAI)

# PARA GLOBO ROJO

BRILLA LA LUNA CUANDO YA NADA QUEDA
Y UN SAPO SE ARRODILLA A LOS PIES DE LA VIRGEN
DICIENDO:UN SER HUMANO ES MENOS QUE UN SAPO
UNA VIRGEN SE ARRODILLA ANTE EL POEMA.

LEOPOLDO PANERO

EL HALLAZGO DEL CORAZON DE LA CIENAGA
ENTRE LOS ATOMOS QUE DIBUJAN NEGRO EL UNIVERSO
Y PECES MUERTOS CAYENDO DEL CIELO
EN DONDE SE OSCURECEN LAS PROMESAS
Y TIEMBLA LA ESPERANZA COMO UNA FLOR:
Y QUE LOS BARBAROS GRITEN ULALU,ULALU,ULALU.

LEOPOLDO Mª PANERO

Revista *Globo Rojo*, n. 16, p. 10, 1991.

## L A   S E N D A

NUNCA PODRAS HUIR DEL DESTINO
SIEMPRE ARRASTRARAS TU SINO.
NO INTENTES ESCAPAR
PUES NO LO CONSEGUIRAS,
NO PREGUNTES EL PORQUE
QUE YO NO TE LO DIRE.
PIDE A DIOS SALVAR TU ALMA
TAL VEZ ENCUENTRES LA CALMA
TU DESTINO SE HA CUMPLIDO
PUDISTE HABERLO ELEGIDO.
TU SENBA ESTABA MARCADA
TU VIDA SACRIFICADA.

J.M.R.(TXUMAI)

## W A L L A C E   S T E V G N S

EL ACAECER DEL SENTIDO SOBRE LA NIEVE
QUE DIBUJA LA PALIDA FIGURA DE UN SOLDADO
MUERTO ANTES DE NACER,SOBRE LA NIEVE
PARA QUE NADA ACONTEZCA SALVO EL POEMA
SOBRE EL QUE CAE LA NIEVE,QUE ME OLVIDA
Y ESCUPE LENTAMENTE,COMO SOBRE EL PAPEL AVANZAN LAS LETRAS DEL POEMA
SOBRE MI PALIDA FIGURA.

LEOPOLDO Mª PANERO

Revista *Globo Rojo*, n. 16, p. 11, 1991.

## LA LLAVE LINTERNA (O LA VELLA Y LA BESTIA)

YAHVE DIJO A LA BESTIA:
CON ESTA LLAVE VERAS LA LUZ.
ENTONCES AL VER LA LUZ,LA BESTIA SE HIZO VELLA.
¿YA VES VELLA? DIJO JAHVE
SI YA VEO YAHVE.RESPONDIO LA VELLA
DESDE ENTONCES LA VELLA YA VE CON LA LLAVE QUE LE DIO JAHVE.

ALEXANDER DURAN

## A M A R

COMO UN RELAMPAGO EN LA NOCHE
TE VI POR ULTIMA VEZ,
COMO EL AGUA DE UN OASIS
LOGRASTE CALMAR MI SED.

UNA MIRADA VASTO PARA DECIRNOS TE QUIERO
CON UNA SOLA MIRADA SUPE QUE YO ERA EL PRIMERO.

TE COGI ENTRE MIS BRAZOS Y TE SACIE A BESOS
Y AL OIDO TE DIJE TODOS ESTOS VERSOS.

POR TU AMOR YO SERIA CAPAZ DE MATAR
Y HASTA DE DARTE MI VIDA SI LA QUISIERAS TOMAR.

J.M.R.(TXUMAI)

## A L B A

CAEN LOS PAJAROS SOBRE LA PAGINA
ANTES DEL SILENCIO DE LA MANANA
ANTES DEL SILENCIO DE LA BOCA DEL LOBO
ANTES DEL LADRIDO FEROZ EN QUE MUERE EL POEMA
QUE.LUEGO SILBARAN TUS DIENTES.

LEOPOLDO Mª PANERO

Revista *Globo Rojo*, n. 16, p. 12, 1991.

VARIACIONES GOLDERBERG
***********************

No hay nadie en la casa del lago
y un viejo orina donde muere el sol
patos gritan escenificando mi caida
y un cadaver que quiza sea el mio
flota escenificando mi caida
cerca del lago en donde muere el sol.

La soledad es una princesa
caida que se arrastra harapienta
a los pies del verso
en los bordes del palacio en que el
verso suspira
por una nueva posibilidad de no ser visto.

LEOPOLDO Mª PANERO

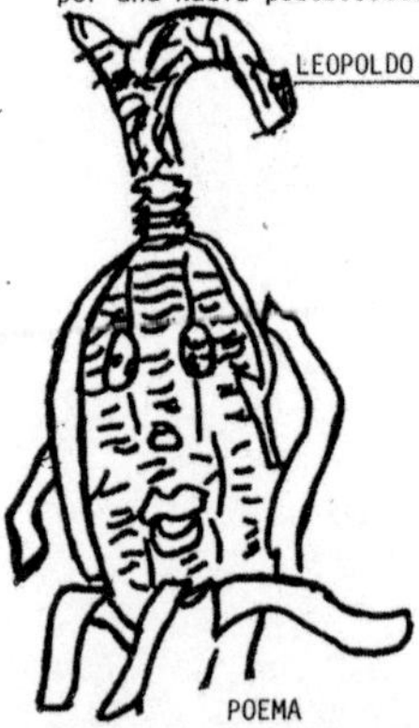

EL HOMBRE ELEFANTE
******************

a Mary Laurent

Que espiritu ridiculo babeo sobre tu frente
y dijo,hablar se,no besar
bestia soy ridiculamente atada
al carro en que llevan al patibulo
a cuatro virgenes desnudas
Bésame en el ano del que versos he hecho
también tu moriras en mi.

LEOPOLDO Mª PANERO

POEMA

El hallazgo del corazón de la cienaga
entre los atomos que dibujan negro el universo
y peces muertos cayendo del cielo
en donde se oscurecen las promesas
y tiembla la esperanza como una flor:
y que los barbaros griten Ulalu,Ulalu.

LEOPOLDO Mª PANERO

Revista *Globo Rojo*, n. 16, p. 14, 1991.

Revista *Globo Rojo*, n. 17, capa, 1991.

Revista *Globo Rojo*, n. 17, p. 10, 1991.

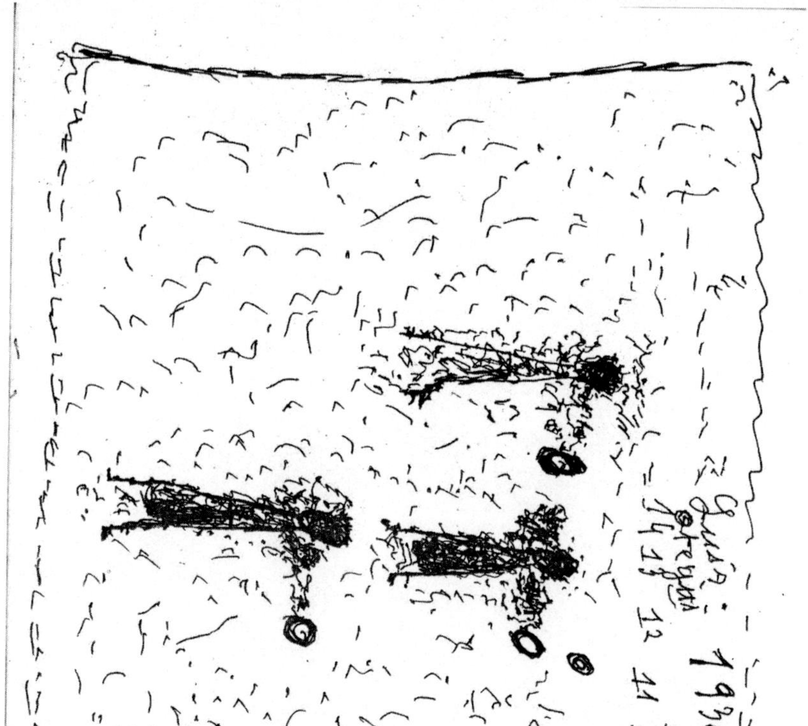

Revista *Globo Rojo*, n. 17, p. 13, 1991.

# LOS POEMAS DE PANERO

EL ORGULLO DESTRUYE EL MOBLAJE
E INCENDIA LAS CHIMENEAS
MUERE UNA TARDE JUNTO A UN PERRO
EN UNA SUCIA CARRETERA:
Y UNA MUJER SONRIE.

....................

ES EL AMANECER SOBRE LAS RUINAS
UNA VIEJA DESDENTADA ME OFRECE UNAS FLORES
UNA VOZ GRITA MI NOMBRE DESDE EL FONDO DEL BARRANCO
Y LA NADA SE APROPIA DE MI NOMBRE:
Y EL AGUILA VUELA SOBRE EL POEMA

ALGUIEN HABLA Y HABLA SOBRE LAS CENIZAS DEL POEMA
ACERCA DE UN CADAVER Y DE LAS RUINAS DE LA POESIA
Y UN NIÑO LLORA AL BORDE DEL ABISMO
Y LANZA SUS PORQUERIAS SOBRE EL HOMBRE

Revista *Globo Rojo*, n. 17, p. 14, 1991.

Revista *Globo Rojo*, n. 18, capa, 1992.

E D I T O R I A L
%%%%%%%%%%%%%%%%%%%%%%%%%

Esta revista que acabas de abrir,tiene la misión de entretener tanto a los redactores como a los lectores.

Entre los primeros se encuentra un nutrido grupo de mas o menos intelectuales(tengamos en cuenta que es una Revista de Minusválidos),entre quienes se encuentran científicos como **V. Regevsky**...críticos como Basilio,El Marino Terrestre,que describia las caravanas de los pueblos de Guipuzcoa y alguna de Vizcaya,hacer pasar un agradable rato a los Residentes.Vendedores,en cuya orden se pueden incluir a los Redactores y poetas consumados.Entre estos ultimos incluimos a Leopoldo Mª Panero,cuyo progenitor fue un famoso escritor durante la Guerra Civil del Pais,y su hijo Leopoldo Mª,mantiene contacto con ciertos escritores como A.B.C., Eguin,El Pais y otros muchos y sale muy a menudo del Centro para dar conferencias con Personajes de la Literatura.

Ultimamente y en Renteria se ha puesto en escena una obra suya y ha obtenido un gran éxito.

Si la finalidad es pasar el tiempo con este número,no hay en todo el Pais,otra revista más económica.

EL EQUIPO DE REDACCION LO COMPONEMOS:

VLADIMIR REGEVSKY
J.A.LARRAÑAGA
XABIER ETXEBERRIA
ABEL SANZ
JOSE Mª SARASUA
JOAQUIN ASPIROZ
J.J.ETXABARRI(HOCHI)
JUAN Mª CELAYA
JOAQUIN ASPIROZ
JACINTO BOREA
LEOPOLDO Mª PANERO
SANTIAGO ZARZA
LUIS OTEGUI
SEBASTIAN LUQUE
FERNANDO SANTAMARIA
MANUEL MENDIZABAL
JESUS TOLOSA
BASILIO TENA
VICTOR MANUEL BALZOLA
MANUEL URBANO
IGNACIO GONZALEZ GALDEANO
TITO
JULIAN MARTIN
CRISTINA PADILLA
ANTONIO ROMERO

Revista *Globo Rojo*, n. 18, editorial, p. 2, 1992.

**INSECTOS**

DIME, AMADA QUE ES LA NOCHE
EN DONDE LA MUERTE DEL COLOR DICE QUE NADA EXISTE
DIME QUE ES LA NOCHE DEL COLOR DEL INSECTO
QUE BRILLA COMO LA INEXISTENCIA
PARECIDO A ESTA PAGINA EN QUE ESCRIBO
CUBIERTA DE INSECTOS QUE EN ELLA COMEN.

..................

**FUTURO**

EL SILBIDO ATROZ DE UNA SERPIENTE EN MIS SIENES
DIBUJA LA SALIDA POR DONDE HUIR DEL MUNDO
COMO UN MAS ALLA MAS ATROZ QUE LA DERROTA
O EL HORROR DE VIVIR.
VACIARE ESTA PAGINA DE TODO SU SENTIDO
PARA QUE SOLO SILBE LA SERPIENTE.

...........................

**ALARIDO**

LA POESIA ES LA CELEBRACION DE UNA AGONIA
Y SE CANTA PARA DECIR QUE EL GUSANO NO MUERE
Y ESTO ES UN ALARIDO.

LEOPOLDO Mª PANERO

Revista *Globo Rojo*, n. 18, p. 4, 1992.

GUARIDA

EL COLOR DE LOS LABIOS ES AZUL
Y REZO POR LOS LABIOS
POR QUE EL COLOR DE LOS LABIOS SEA AZUL
Y ESTA ES LA GUARIDA DE LA ROSA.

..................

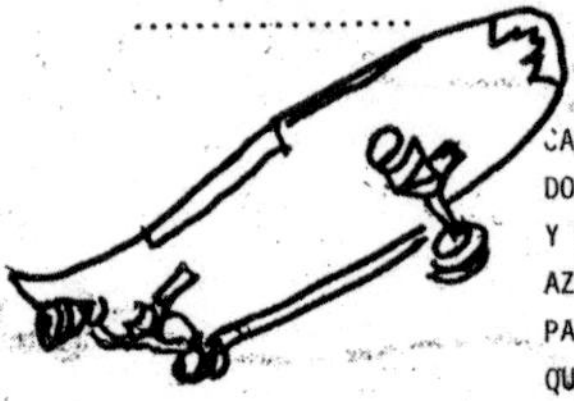

MOSCA Y POEMA

CAEN LAS MOSCAS SOBRE MI MANO
DOLIENTE QUE ESCRIBE EL POEMA
Y MIS OJOS SEMEJAN DOS MOSCAS
AZULES QUE ESCRIBEN EL POEMA
PARECIDO A UNA MOSCA
QUE REVOLOTEA SOBRE EL PAPEL EN LLAMAS.

.............

SIN ROSTRO

DIME QUIEN ES LA NOCHE
LA NOCHE SIN ROSTRO,LA NOCHE SIN BOCA NI NOMBRE
EL RASTRO AZUL DE MI BOCA
LA SOMBRA DE MI BOCA
EL RECUERDO DE MI BOCA
SOBRE EL PAPEL AZUL.

...........

PAPEL

SOBRE EL PAPEL ES EL AMOR DE LOS CORZOS
SOBRE LA MESA COMO UNA FUENTE
COMO UN RIO EN LOS OJOS
QUE TERMINA EN TI,Y EN TU BOCA
AMARILLA.

..................

LA NAVE SE HA HUNDIDO EN MIS OJOS
Y EL SENTIDO SE REMUEVE COMO UNA SERPIENTE
SE TUERCE Y SE RETUERCE
AL FONDO DE MIS OJOS
Y NO HAY MAS QUE UN ANIMAL HUYENDO
EN EL LIMITE DEL HORIZONTE.

UN ANIMAL HUYENDO A TRAVES DEL LABERINTO
DEJANDO SOLO UN RASTRO DE BABA
CON LA QUE SENTIA EL POEMA.

LEOPOLDO Mª PANERO

Revista *Globo Rojo*, n. 18, p. 5, 1992.

## N A D A

EL SACERDOTE DE LA NADA
REZA EN EL CLAUSTRO DEL POEMA
Y UNA VOZ QUE SOLO EL OYE DICE,
NADA,NADA,NADA.

.............

## UNA BOCA

SOLO ESTOY FRENTE AL VIENTO
QUE SILBA CON EL RUGIDO DE LA MUDEZ
Y OFRECE MIS BUCLES COMO HOMENAJE
A LA NADA FEROZ,A LA NADA
EN QUE HABLA MI BOCA DESDENTADA.

.................

## PUNTO Y LINEA SOBRE EL PLANO

DOS AGUILAS COMPONEN MI FRENTE
Y UN BUITRE VUELA SOBRE LA PAGINA
BUSCANDO EL SECRETO DE MI ESGRIMA CON LA NADA
EL SECRETO CRUEL DE LA SERPIENTE.

QUE LENTAMENTE SE ESCRIBE LA PAGINA
TAPANDO EL MUNDO EN RUINAS
DANDO EN MUSGO CON MI FRENTE
QUE DOS AGUILAS COMPONEN.

.................

## P A G I N A

LOS PONTIFICES DEL LAGO
REZAN A LAS AGUAS

Y LAS AGUAS GRITABAN
MIENTRAS CAIAN UNO A UNO LOS PONTIFICES
SOBRE LAS AGUAS:

EL AGUA ESTA INMOVIL DE PIE EN LA PAGINA
Y UN ENANO REZA POR QUE NADA MUERA
MIENTRAS CAE LA LLUVIA MOJANDO LA PAGINA
Y SU REVERSO.

LEOPOLDO MARIA PANERO BLANCH

Revista *Globo Rojo*, n. 3, p. 17, 1982.

Revista *Globo Rojo*, n. 19, capa, 1992.

# POESIA

LA VIDA ES UN CHISTE DE MAL GUSTO
QUE VIEJAS SILABEAN EN LAS ESQUINAS
HASTA QUE IRRUMPE EL LOBO EN LA PAGINA
PIDIENDO AL CIELO LIMOSNA PARA SU SER.

LEOPOLDO PANERO

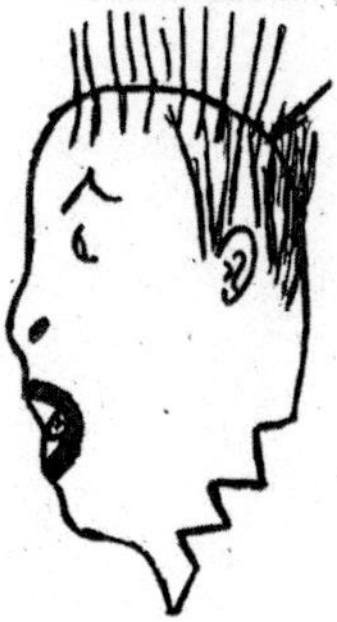

YO HE DESCIFRADO LENTAMENTE EL MISTERIO DE LA ROSA
EL ENIGMA DE LA POESIA
QUE ENTRE PAGINAS SE ESCONDE
Y CANTA EL BUHO.
LA CAIDA EN VERTICAL
A LOS PIES DE LA PAGINA
ARRODILLADO FRENTE A LA PAGINA
UNICA ORACION FECUNDA
PORQUE LO BLANCO NADA SABE DEL DOLOR
Y EN EL,EL HOMBRE SE LEVANTA.

LEOPOLDO Mª PANERO

EN LA INTERSECCION ENTRE DOS HOMBRES
HAY UNA FLOR
UN BESO,MUERTA LA PAGINA
DICE DEL MUERTO SU OLOR

LEOPOLDO PANERO

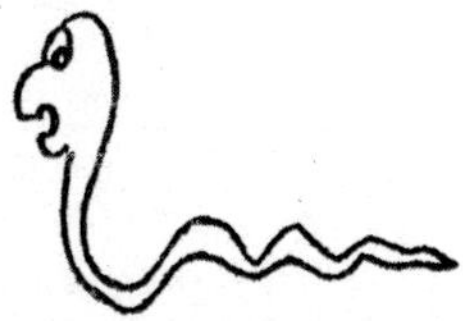

BUSCA EL LUGAR EN QUE DUERMEN LOS PERROS
EL LUGAR EN DONDE TERMINA MI SUEÑO
Y UNAS HECES BRILLAN BLANCAS COMO EL
SIGNIFICADO MAS QUE EL
PORQUE ES AL TERMINO DE LA PALABRA
DONDE SE ENCUENTRA EL REINADO DE LA VIDA
CANDIDO COMO LA NADA.

LEOPOLDO PANERO

Revista *Globo Rojo*, n. 19, p. 6, 1992.

# RETAZOS DE POESIA POR LEOPOLDO Mª PANERO

EL ESPIRITU CAE PEDAZO A PEDAZO
Y LA RUINA DE MI ALMA COMPONE UN POEMA
QUE CAE SOBRE LA PAGINA PEDAZO A PEDAZO.

.................

LLANTO EN LOS LIMITE DE LA NADA
COMO UN TAMBOR CONVOCANDO A LOS LOBOS
A LA MAS OSCURA SOMBRA
HECHA DE PIEL DE LOBO

...............

OH NUBES PARA QUIEN
NUBES QUE GLORIFICAN MIS DIENTES
CANTO DE LAS HECES AL CREPUSCULO
OTOÑO DE LAS COSAS
CELEBRACION DE MI SIEN APUÑALADA
MIENTRAS LLUEVE SOBRE EL MUNDO EL RECUERDO DE LAS COSAS.

.....................

EL FRUTO DE MI CEREBRO
CAE Y CAE
SOBRE LA ARENA
LUCHANDO
LOS DESPOJOS DE MI ALMA
ENSUCIAN EL PAPEL

............

NUNCA ME DIJISTE EN LOS BURDELES CLIOSTRATO
POR QUE CON TUS AMIGOS EN EL ORACULO DE ERITREA
DE CELOS MARCHABAIS ANOCHE DE MI CASA
DONDE MIS HERMANAS FROTABAN SUS BOCAS CONTRA EL FUEGO
Y PREFERIAN LA DEVOCION QUE LES ENTRA COMO EL VIENTO
E INVOCABAN CON FUERZA AL FALO MAS PORTENTOSO
POR QUE LE DABAIS CON LA FUERZA MAS IMPIA
PARA CARCAJEAROS SOBRE LOS ALTARES A LA DEFECACION SECA
Y QUE TUS DONCELLAS AFRICANAS
LLENARAN CON SUS GRITOS DESNUDAS LOS CENOTAFIOS.

"RETAZOS DE POESIA COGIDOS DE AQUI Y DE ALLA".

Revista *Globo Rojo*, n. 19, p. 7, 1992.

Revista *Globo Rojo*, n. 20, capa, 1993.

# DE LEOPOLDO PANERO

S E X O

LA LUNA HABITA ENTRE MIS DOS MUSLOS
QUE UN AZAR DIBUJA COMO LO QUE NO FUE
SEÑOR DE LA BLANCA PAGINA
REY DE LA NADA
QUE DIBUJA SOBRE EL PAPEL UN MUSLO

R E A L I D A D

NO SE TRATA DE MENTIR,O DE INVENTAR,O DE FINGIR
SE TRATA DE ODIAR LA REALIDAD
ESCOMBRO SOBRE EL QUE ESCRIBES
COMO UNA SERPIENTE AÑORANDO LA VIDA.

M E L O N

SOBRE ESTAS PAGINAS
SE INVENTA LA VIDA
COMO EL GUSANO QUE LENTO
CORROE EL MELON
CONSTRUYENDO ESTE MELONAR SIN VIDA.

MASCARAS DE LENGUAJE

LA POESIA ES LA MASCARA DEL ODIO
QUE SURGE BROTANDO DE LAS PAREDES
E INUNDA LA HABITACION COMO UNA FLOR
HECHA PARA DAÑO DEL HAMBRE
QUE NO ESTAN EN LA HABITACION

DIARIO DE UN SEDUCTOR

NO ES TU SEXO LO QUE EN TU SEXO BUSCO
SINO ENSUCIAR TU ALMA
DESFLORAR
CON TODO EL BARRO DE LA VIDA
LO QUE AUN NO HA VIVIDO.

LEOPOLDO PANERO
(DEL LIBRO "EL QUE NO VE" EDICCIONES LA BANDA DE MOEBIUS)

Revista *Globo Rojo*, n. 20, p. 9, 1993.

Revista *Globo Rojo*, n. 20, p. 18, 1993.

Revista *Globo Rojo*, n. 21, capa, 1994.

"PAGINA"

AH LA NIEVE LA NIEVE CAE SOBRE EL PAPEL
Y LA BOCA QUE ENMUDECE
DE ESPANTO ANTE LA CATEDRAL
VACIA DEL CREPUSCULO
QUE LLORA Y RIE
SOBRE EL PAPEL.

L.PANERO

" TU "

POR RESERVAR TU MIRADA
ME PARECISTE EL CIELO
POR ENCONTRARTE EN LA VIDA
SOLO A TI TE QUIERO.
¿NO ES OSCURO ESTE CAMINO,
PARA ENCONTRAR EL CIELO?

LUIS ALUSTIZA

"POEMA"

LA LLAVE ROJA DE DIOS
CIERRA EL POEMA
Y UNA FLOR CRECE
SOBRE EL POEMA MUERTO.

L.PANERO

"RESTOS"

VEN A LA COLINA,ALLA DONDE MUERE EL HOMBRE
QUE CAE SOBRE MI ALMA,RUINA DEL SER
Y DESPERDICIO DEL POEMA.

"LA ROSA"

LA ROSA SE HUNDE EN EL TEMBLADERAL
Y TODOS LOS HOMBRES SON MONUMENTOS A LA ROSA
QUE CAE DE MIS LABIOS
COMO UN RECUERDO
O COMO UN MINIMO RESPLANDOR.

LEOPOLDO PANERO

Revista *Globo Rojo*, n. 21, p. 8, 1994.

POESIA

## P O E T I C A

EL AZUL ES EL COLOR DE LA MUERTE
COMO LA POESIA ES LA NEGACION DE LA VIDA
Y LA PALABRA ASESINO DE LA COSA.

LO UNIVERSAL ES LA NEGACION DE LO SINGULAR
Y LO SINGULAR(STIRNER)NEGACION DE LO UNIVERSAL
LA ESCRITURA ES UN COMPLEJO LABERINTO DE ASESINOS.

LEOPOLDO PANERO

POESIA

## FANTASMA

MI CORAZON HA MUERTO SERULTADO POR LA NIEVE
Y LLORAN LAS NEREIDAS Y LAS VIRGENES
PORQUE APAREZCA EN LO OSCURO
MI CORAZON COMO UN FANTASMA.

L.M.PANERO

## MUERTE

EN UNA TUMBA RECLACIELANTE REPOSA MI
FIGURA ESTETICA QUE RENACE Y DESPIERTA
UN INTERES MALIGNO.

POR ESTATICO QUE SEA MI CUERPO SE VA HACIENDO
ANIMALES QUE ENGENDRAN UNOS GUSANOS.

OIGO EL SUSURRO DEL VIENTO QUE MECE LAS HOJAS
EN EL FOLIAJE DEL CEMENTERIO Y UNOS SUSURROS
DE GOTAS DE AGUA QUE AL CAER ZUMBAN
COMO ABEJORROS QUE ESTREMECE MI CUERPO.
HE AHI UN MUERTO.

ALFREDO VILLAR

POESIA

## LA ROSA

DEL MELO SALE UNA ROSA
DEL MELO NACE UNA FLOR
DEL MELO RENACE UN HIERBAJO
DEL MELO SALE EL CANDOR DE UNA ROSA

ALFREDO VILLAR

POESIA

## C R U Z

UNA DERROTA EN LOS OJOS
Y LA AFRENTA DE OTROS OJOS
Y EL DELIRIO EN COMUN DE HABER NACIDO
CON UNA CRUZ EN LOS OJOS.

LEOPOLDO PANERO

POESIA

Revista *Globo Rojo*, n. 21, p. 17, 1994.

Revista *Globo Rojo*, n. 22, capa, 1995.

# POESIA

## POR L.H. PANERO

### "PAGINA"

HACE FRIO EN EL AIRE
Y LA MUERTE ES EL HUEVO DEL PAJARO
Y EN LA PAGINA SE ESCRIBE
HANNO POSTO QUESTO PEZZ O DI MERDA
ACCANTO AL RISTRATTO DI GIACOMO CASANOVA.

UN LOCO PEGA A OTRO LOCO
Y LA PAGINA SE ROMPE EN MIS LABIOS
CON EL COLOR DEL AMARILLO ROTO.

..................

### "ENANO"

EL ENANO SONRIE ANTE LAS TUMBAS
MOSTRANDO LIMPIAMENTE SU SONTRISA
Y LLUEVE SOBRE EL PAPEL
AOBRE EL PAPEL SIEMPRE EN LLAMAS
BUSCANDO AUN TU SONRISA.

..................

### "OBJETIVISMO"

ANALIZAR EL FRIO DEL ACERO SOBRE LA PAGINA
MUERTA EN QUE LLORAN LOS LABIOS
Y EL VIENTO GOLPEA MI PECHO
SOBRE EL PAPEL UNA UVA.

..................

### "ARBOL"

EL ARBOL CRECE,Y EN EL INFIERNO SE RETUERCE
LA IRA DE DIOS COMO UN ARBOL
COMO UN ARBOL Y MENOS QUE UN ARBOL

COMO FRUTOS EN EL CUADRO DE ARCIMBOLODO
TITULADO "EL OTOÑO" Y EL FUEGO
ES SOLO LO QUE QUEDA ESCRITO
SOBRE MI CABEZA CALVA

...................

### COMPAÑIA

SE ESTA MEJOR EN LA NOCHE:COMO ALGUIEN TUMBADO BOCA ARRIBA EN LA OSCURIDAD, SE SIENTE VAGAMENTE LA PRESENCIA DEL OTRO,COMO ALGUIEN TUMBADO BOCA ARRIBA EN LA OSCURIDAD.

HAY UN HOMBRE FRENTE A NOSOTROS,LLEVA BATA BLANCA Y ES PROBABLE QUE EXISTA: NO HABLA DE NOSOTROS,NO HABLA CON NOSOTROS,Y NOS MIRA COMO ALGUIEN TUMBADO BOCA ARRIBA EN LA OSCURIDAD.

Revista *Globo Rojo*, n. 22, p. 18, 1995.

Revista *Globo Rojo*, n. 23, capa, sem data [entre 1995-1999].

# POESIA

POR: LEOPOLDO M. PANERO

LLANTO

LAGRIMAS EN LA NOCHE
LAGRIMAS EN LA NADA
LLORAD POR LA ROSA ENFERMA
Y UN BUITRE ESCUPID
PARA EMPAÑAR MI LLANTO.

CABELLERA DE INDIO

RUBIO ES EL ESTIERCOL
Y VERDE EL CABELLO
ENREDADO EN LA PAGINA
QUE NOS RESUCITA

CORDURA

EL SEMEN DE UN RATON SOBRE LA PAGINA HUMEDA
PRINCIPIO DEL BIEN Y DE LA DISOLUCION
PUES EL PRINCIPIO DEL MAL ES LA RAZON Y EL YO.

HERMES

LOS LABIOS HERMETICOS DEL DESASTRE
ESPERAN EN LA CALLE
Y EL LOBO SE CIERNE SOBRE MI BOCA
CON UN UNICO DIENTE.

OSCAR WILDE EN PARIS (Sebastián Melmoth)

PEOR QUE UNA TUMBA SON MIS DIAS
MIS DEDOS TIENEN EL RECUERDO DE LA CUERDA DE CAÑAMO
DE LA QUE ALGUN DIA BORRACHO ME AHORCARE.

..............................

Revista *Globo Rojo*, n. 23, p. 11, sem data [entre 1995-1999].

Cazador,la sombra en que me prendo,Diana sabrá mañana lo que valen sus perros.

PRINCESA

SOMOS JARDINES DE UNA PRINCESA ROTA
EL LAGO ESTA EN MIS DIENTES
Y BAJO EL HOMBRO LLEVO
UNA PRINCESA MUERTA

DOLOR

EL FULGOR EN LA SIEN,EL ECO
EN LA LENGUA DEL RELAMPAGO
LA FRIA VOZ QUE CIERRA EL CANTO
EL AGUJERO EN QUE ME OLVIDO
EL DOLOR SIN LLANTO,DE COMO
LA LUZ MIRA EL QUEBRANTO

LEPRA

MAS HIEREN LOS RECUERDOS QUE LAS MANOS
EN EL BOSQUE SALVAJE
LA LENGUA DEL RUISEÑOR SE CLAVA
EN LA LEPRA DE MIS MANOS

TAMESIS

TE ENCONTRE EN EL TAMESIS,NADANDO
POR SOBRESALIR DE EL,YO MIENTRAS
BUSCABA ENTRE LAS RATAS,LA RAZON DE MI VIDA
TU ERAS RAZON DEL AGUA Y YO MAESTRO
DEL ESTIERCOL QUE IMPORTABA
SI A UNA FOCA ERA IGUAL TU CUERPO POR EL CIENO.

Revista *Globo Rojo*, n. 23, p. 12, sem data [entre 1995-1999].

**PRIMEIRA EDIÇÃO**
— VERÃO —
COTIA
FEVEREIRO
MMXXIV